A·MIDSUMMER-NIGHT'S·DREAM

仲夏夜之梦

[英]威廉·莎士比亚　著

朱生豪　译

重庆大学出版社

译者自序

于世界文学史中，足以笼罩一世，凌越千古，卓然为词坛之宗匠，诗人之冠冕者，其唯希腊之荷马，意大利之但丁，英之莎士比亚，德之歌德乎。此四子者，各于其不同之时代及环境中，发为不朽之歌声。然荷马史诗中之英雄，既与吾人之现实生活相去过远；但丁之天堂地狱，复与近代思想诸多牴牾；歌德去吾人较近，彼实为近代精神之卓越的代表。然以超脱时空限制一点而论，则莎士比亚之成就，实远在三子之上。盖莎翁笔下之人物，虽多为古代之贵族阶级，然彼所发掘者，实为古今中外贵贱贫富人人所同具之人性。故虽经三百余年以后，不仅其书为全世界文学之士所耽读，其剧本且在各国舞台与银幕上历久搬演而弗衰，盖由其作品中具有永久性与普遍性，故能深入人心如此耳。

中国读者耳闻莎翁大名已久，文坛知名之士，亦尝将其作品，译出多种，然历观坊间各译本，失之于粗疏草率者尚少，失之于拘泥生硬者实繁有徒。拘泥字句之结果，不仅原作神味荡焉无存，甚且艰深晦涩，有若天书，令人不能卒读，此则译者之过，莎翁不能任其咎者也。

余笃嗜莎剧，尝首尾研诵全集至十余遍，于原作精神，自觉颇有会心。廿四年春，得前辈同事詹文浒先生之鼓励，始着手为翻译全集之尝试。越年战事发生，历年来辛苦搜集之各种莎集版本，及诸家注释考证批评之书，不下一二百册，悉数毁于炮火，仓卒中惟携出牛津版全集一册，及译稿数本而已。厥后转辗流徙，为生活而奔波，更无暇晷，以续未竟之志。及三十一年春，目睹世变日亟，闭户家居，摈绝外务，始得专心一志，致力译事。虽贫穷疾病，交相煎迫，而埋头伏案，握管不辍。凡前后历十年而全稿完成，夫以译莎工作之艰巨，十年之功，不可云久，然毕生精力，殆已尽注于兹矣。

余译此书之宗旨，第一在求于最大可能之范围内，保持原作之神韵；必不得已而求其次，亦必以明白晓畅之字句，忠实传达原文之意趣；而于逐字逐句对照式之硬译，则未敢赞同。凡遇原文中与中国语法不合之处，往往再四咀嚼，不惜全部更易原文之结构，务使作者之命意豁然呈露，不为晦涩之字句所掩蔽。每译一段竟，必先自拟为读者，察阅译文中有无暧昧不明之处。又必自拟为舞台上之演员，审辨语调之是否顺口，音节之是否调和。一字一句之未惬，往往苦思累日。然才力所限，未能尽符理想；乡居僻陋，既无参考之书籍，又鲜质疑之师友。谬误之处，自知不免。所望海内学人，惠予纠正，幸甚幸甚！

原文全集在编次方面，不甚惬当，兹特依据各剧性质，分为"喜剧""悲剧""杂剧""史剧"四辑，每辑各自成一系统。读者循是以求，不难获见莎翁作品之全貌。昔卡莱尔尝云，"吾人宁失百印度，不愿失一莎士比亚。"夫莎士比亚为世界的诗人，固非一国所可独占；倘因此集之出版，使此大诗人之作品，得以普及中国读者之间，则译者之劳力，庶几不为虚掷矣。知我罪我，惟在读者。

生豪书于三十三年四月

莎翁年谱

一五六四年 四月二十三日，威廉·莎士比亚出生于英国瓦列克群（Warwickshire）阿房河上之斯特拉脱镇（Stratfordon-Avon）。关于莎氏出生日期，未能十分确定，惟受洗于是年四月二十六日，则有教堂簿籍可稽，依照当时习俗，小儿于出生后三日内受洗，故诞辰可能为四月二十三日。

莎士先世务农，父约翰，为一识字不多之手套商人，兼营畜牧农产，有住宅二所。母玛丽亚登（Mary Arden），为乡间富农之嗣女。

是年为依利莎伯女王（Queen Elizabeth）即位后之第七年，适当"文艺复兴"以后，英国在宗教上已脱离旧教之羁绊，商业繁盛，与欧洲大陆各国来往频繁。学术文艺方面，因感染外国影响，渐露新面目，不复为上层阶级之专有品。在戏剧方面，旧日之神迹剧（Miracle plays）及教训剧（Morality），日趋没落；纯粹娱乐之民间戏剧逐渐发达，古典型之悲剧喜剧，亦开始为文人所仿作。

是年戏剧家克利斯多弗马洛（Christopher Marlowe）生，至一五九三年即卒。

一五六八年 四岁。王后剧团（The Queen's Players）来镇表演，翌年复来。是年父约翰任斯特拉脱镇长。

一五七一年 七岁。入本地圣十字义务小学（The Free Grammar School of the Holy Cross）就读。

一五七三年 九岁。大文豪（诗人，散文家，戏剧家）彭琼生（Ben Jonson）生。

一五七五年 十一岁。是年伦敦始有戏院。当时职业伶人虽有贵族及宫廷为其护符，且深得民众之欢迎，惟颇受地方官厅之压迫。戏院皆建立于城外，均以木料筑成，构造至为简陋；中央为露天之池座，不设座位，舞台即突出其间楼座成圆环形围绕四周。无布景，亦无幕布；后台用幕遮隔，代表密室山洞等隐藏之处；其上层为阳台，代表楼房城墙等较高之处；两旁各设一门出入。演员均为男子，女角皆以儿童扮演。另有以纯粹儿童演员为号召之私家戏院，则设于寺院之内，设备较佳，取费较贵，该项儿童均系由大教堂唱诗班中遴选而来。

一五七七年 十三岁，辍学。是时家道中落，食口众多（有弟妹四五人），故被迫辍学佐理父业。

一五七八年 十四岁。是年约翰黎利（John Lyly 1554?—1606）所著小说《攸阜斯》(*Euphues*) 出版，其过度运用辞藻之文体，蔚为当时宫廷阶级流行之风尚。莎氏初期喜剧《爱的徒劳》即以该项文体为讽刺对象。

一五七九年 十五岁。是年汤麦斯诺斯（Thomas North）所译帕卢塔克著之《希腊罗马伟人传》(*Plut-arch's Lives*) 出版，为莎氏罗马史剧所取资。

约翰弗莱契尔（John Fletcher）生，后亦为戏剧家一六二五年卒。

一五八二年 十八岁。娶安恩海瑟威（Anne Hatha-way），安恩为邻邑农家女，长莎氏八岁。

一五八三年 十九岁，长女苏珊娜（Susannah）生。

一五八四年 二十岁。是年剧作家弗兰西斯波蒙（Francis Beaumont）生，后与莎氏同年卒。

一五八五年 二十一岁，孪生子汉姆纳特（Hamnet）及女裘第斯（Judith）生。

一五八六年　二十二岁，离家赴伦敦，投身戏剧界。

传说莎氏偷入汤麦斯路西爵士（Sir Thomas Lucy）之私家苑囿却勒科特林（The Woods of Charlecote）中捕鹿事发，此为其离家之动机。自此十一年中，与家人鲜通音问。并有谓《亨利四世》及《温莎的风流娘儿》中之夏禄法官即系影射路西爵士。然此说于事实上颇少根据。

贵族文人菲力普锡德尼（Sir Philip Sidney 生于一五五四年）卒。

一五八七年　二十三岁。是年马洛所著悲剧《丹勃林》（Tamburlaine）上演。吉德（Thomas Kyd 1558—1594），葛林（Robert Greene 1560?—1592），披尔（George Peele），黎利等，当时均为各戏院撰作剧本。

一五九〇年　二十六岁。是年史宾塞（Edmund Spenser 1552—1599）寓言诗《仙后》（The Fairie Queen）前三卷出版。

一五九一年　二十七岁，是时已开始写作剧本。

按莎氏最初仅在伦敦戏院中充打杂役务，其后饰无关重要之角色，演技上即崭露头角乃渐以自编剧本问世。

《爱的徒劳》写成。《错误的喜剧》及《亨利六世》约于此时上演。自此以剧作家及名伶驰誉伦敦。

一五九二年　二十八岁。是年葛林卒（葛生于一五六〇年？，为讽刺剧作家及诗人。）《维洛那二士》约于此时写成。

一五九三年　二十九岁。长诗《爱神之恋》(*Venus and Adonis*) 出版。莎氏以此诗献於骚桑普敦伯爵 (The Earl of Southompton)，伯爵为依利莎伯女王宫廷中一青年贵族，一般推测即系其《十四行诗》(*Sonnets*) 中赞美之对象。

《理查三世》《约翰王》约于此年写成。

马洛卒。按马洛虽与莎氏同年，其写作剧本实远在莎氏之先。莎氏初期所作史剧如《理查三世》等，作风颇受马洛影响。其悲剧打破"三一律"之限制，首先运用"无韵诗"(blank verse)，其主人公多为一受某种情欲支配卒。

陷于无可避免之失败之人物，已为莎氏后期诸悲剧之前驱。

一五九四年　三十岁。内大臣剧团（Lord Chamberlain's Players）组成，莎氏为该团之一员。因有当时首席名伶 Richard Burbage 为其台柱，且得莎氏为之经常编剧，该团声誉鹊起。

是年奉女王之召，在格林尼区宫（Greenwich Palace）演剧。长诗《贞女劫》（The Rape of Lucrece）出版，仍献与骚桑普敦伯爵。《十四行诗》之一部分约于此时写成。

《血海歼仇记》出版。

自一五九〇年至此，论者均认为莎氏写作之初期，亦可称为习作时期。此期作品大多改编旧剧，其创作者亦未脱摹拟他人之痕迹。喜剧方面受黎利葛林之影响，悲剧史剧则受马洛之影响。

一五九五年　三十一岁。《仲夏夜之梦》《罗密欧与朱丽叶》《理查二世》约于此年写成。

一五九六年　三十二岁，子汉姆纳特死，始返家。《威尼斯商人》约于此年写成。

一五九七年　三十三岁，在斯特拉脱镇购巨宅一所，名曰新地（New Place），为全镇房屋之冠。此后数年中，在本镇及伦敦陆续购置地产一百余亩。

《罗密欧与朱丽叶》《理查二世》《理查三世》均出版。《驯悍记》约于是年写成。

是年文哲巨子弗朗西斯裴根（Francis Bacon 1561—1626）《之论文集》（*Essays*）出版。按有人以为莎氏戏剧实系裴根所作，其说至为牵强，不足成立。

一五九八年　三十四岁。《亨利四世》《温莎的风流娘儿们》约于此年写成。

琼生之喜剧《诙谐大成》（*Everyman in His Humour*）上演，莎氏参加演出。琼生在当时戏剧界中，为主张严守古典格律最力者之一，其持论与莎氏自由创造之作风相反。然莎氏死后，琼生为其全集题词，中有"君非属于某一时代，乃属于一切时代者"之语，可见其推崇之深。

一五九九年　三十五岁。环球戏院（The Globe Theatre）落成于骚斯瓦克（Southwark）之班克赛德（Bankside）莎氏为股东兼演员。是年因父约翰申请之结果，"纹章院"特许莎氏家族世袭"纹章"（Coat of arms）。

《无事烦恼》《亨利五世》《该撒遇杀记》约于此年

写成。是年史宾塞卒。

一六○○年 三十六岁。《皆大欢喜》约于是年写成。

一六○一年 三十七岁。《第十二夜》约于是年写成。

至此为莎氏写作之第二期，最佳喜剧均于此期产生。

当时戏剧盛行，著名剧作家除莎氏及琼生、波蒙、弗莱契尔外，为 Thomas Dekker(1570?—1632), Thomas Middleton(1580—1627)，John Webster(1575?—1625)，George Chapman（1559?—1634），John Marston(1575?—1634) 等。

一六○二年 三十八岁，《汉姆莱脱》上演。按约在马洛发表《丹勃林》同时，吉德已用同类题材写成一剧，名曰《西班牙之悲剧》(*The Spanish Tragedy*)。《特洛埃围城记》《终成眷属》约于此年写成。

一六○三年 三十九岁。新王詹姆斯一世(James I) 即位。莎氏所属剧团更名国王剧团(The King's Players)。莎氏放弃演剧工作，惟仍继续撰写剧本。《汉姆莱脱》第一四开本出版。《量罪记》约于此年写成。

一六○四年 四十岁。《奥赛罗》上演。

一六○六年 四十二岁。《李尔王》《麦克佩斯》约于此年写成。

是年黎利卒。

一六〇七年　四十三岁。《黄金梦》约于此年写成。

一六〇八年　四十四岁。《女王殉爱记》《沉珠记》约于此年写成。

大诗人约翰密尔敦（John Milton）生（卒于一六七四年）。

一六〇九年　四十五岁。《英雄叛国记》约于此年写成。至此为莎氏写作之第三期，此期莎氏几以全力专心写作悲剧，为其艺术成就之极峰。

是年其《十四行诗》出版。按“十四行”诗体，最初藉怀特（Thomas Wyatt 1530?—1542）及色累伯爵（Henry Howard, Earl of Surrey 1517—1546）二人之介绍，自意大利传入英国。依利莎伯朝诸人纷起摹仿，大率千篇一律，不脱恋爱范围，其中以锡德尼及史宾塞两人所作为最称杰构。及莎氏《十四行诗》出，乃以情感之丰富热烈，意境之婉转深刻，辞采之瑰丽优美，尽掩前人。全部共一百五十四首，其前半所赞美爱慕之对象，为一年轻貌美之男性友人；其一往情深之处，令人低徊欲绝。后半则系为一"肤色黝黑之女郎"（此称为'the dark lady'）而作。词多怨愤，似莎氏曾为此女郎所玩弄而终遭遗弃者然。惟此中情事究系确实或仅属诗人骋其想像所构造，则非后人所能断言矣。

一六一〇年　四十六岁。《暴风雨》上演。《还璧记》约于此年写成。加入黑教士戏院（The Blackfriar's Theatre）为股东。

一六一一年　四十七岁。自舞台退隐乡居。《冬天的故事》上演。是年，詹姆斯王钦定本英译"圣经"（The Bible）出版。

一六一三年　四十九岁。《亨利八世》上演。至此为莎氏写作之第四期，此期作品较少大，大率为悲喜杂糅之传奇剧，而以复和团圆为结束者。除《暴风雨》外，文笔远较前期为松懈而散漫。

一六一六年　四月二十三日卒于故居，适近其五十二岁生辰。临终时妻及二女均在侧，并及见一外孙女。葬于三一教堂（The Trinity Church）。

波蒙于同年逝世。又《吉诃德先生》（Don Quixote）之著者西班牙小说家塞文提斯（Miguel de Cerventes

Saavedra 生于一五四七年）亦于此年逝世。

一六二三年　莎氏死后第七年，其友人约翰赫敏（John Heming）及亨利康德尔（Henry Condell）始将其所著戏剧汇订出版，即所谓"第一对开本"（The First Folio）是也。

Shakespeare's Comedy of
A · MIDSUMMER-
NIGHT'S · DREAM

with illustrations by
W · HEATH · ROBINSON

目录

DRAMATIS PERSONÆ

剧中人物

提修斯　雅典公爵

伊及斯　黑美霞之父

莱散特
第米屈律斯 ⎫ 同恋黑美霞

菲劳士屈雷脱　掌戏乐之官

衮斯　木匠

史纳格　细工木匠

波顿　织工

弗鲁脱　修风箱者

斯诺脱　补锅匠

司他巫林　裁缝

喜坡丽姐　亚美仲女王，提修斯之未婚妻

黑美霞　伊及斯之女，恋莱散特

海冷娜　恋第米屈律斯

奥白朗　仙王

蒂妲妮霞　仙后

迫克　又名好汉罗宾

豆花
蛛网
飞蛾　　　} 小神仙
芥子

其他侍奉仙王仙后的神仙们

提修斯及喜坡丽妲的侍从

地点　　雅典及附近的森林

ACT I

第一幕

ACT I.

第一场　雅典；提修斯宫中

【提修斯，喜坡丽妲，菲劳士屈雷脱，及侍从等上。

提　美丽的喜坡丽妲，现在我们的婚期已快要临近
　　了，再过四天幸福的日子，新月便将出来；但是
　　唉！这个旧的月亮消逝得多少慢，她耽延了我的
　　希望，像一个老而不死的后母或寡妇，尽是消耗
　　着年青人的财产。

喜　四个白昼很快地便将成为黑夜，四个黑夜很快地
　　可以在梦中消度过，那时月亮便将像新弯的银弓
　　一样，在天上监视我们的良宵。

提　去，菲劳士屈雷脱，激起雅典青年们的欢笑的心
　　情，唤醒了活泼泼地的快乐精神，把忧愁驱到坟
　　墓里去；那个脸色惨白的家伙，是不应该让他参

Theseus.   Now, fair Hippolyta, our nuptial hour draws on apace.

加在我们的结婚行列中的。

（菲下）

喜坡丽妲，我用我的剑向你求婚，用威力的侵凌赢得了你的芳心[1]；但这次我要换一个调子，我将用豪华夸耀和狂欢来举行我们的婚礼。

【伊及斯，黑美霞，莱散特，第米屈律斯上。

伊　威名远播的提修斯公爵，祝您幸福！

提　谢谢你，善良的伊及斯。你有什么事情？

伊　我怀着满心的气恼，来控诉我的孩子，我的女儿黑美霞。走上前来，第米屈律斯。殿下，这个人是我答应叫他娶她的。走上前来，莱散特。殿下，这个人引诱坏了我的孩子。你，你，莱散特，你写诗句给我的孩子，和她交换着爱情的纪念物；在月夜她的窗前你用做作的声调歌唱着假作多情的诗篇；你用头发编成的腕环，指戒，虚华的饰物，琐碎的玩具，花束，糖果，这些可以强烈地骗诱一个稚嫩的少女之心的信使来偷得她的痴情；你用诡计盗取了她的心，煽惑她使她对我的顺从变成倔强的顽抗。殿下，假如她现在当着您的面仍旧不肯嫁给第米屈律斯，我就要要求雅典自古相传的权利，因为她是我的女儿，我可以随意处置她；按照我们的法律，她要是不嫁给这位绅士，便应当立时处死。

提　你有什么话说，黑美霞？当心一点吧，美貌的女郎！你的父亲对于你应当是一尊神明；你的美貌是他给予你的，你就像在他手中捏成的一块蜡像一般，他可以保全你，也可以毁灭你。第米屈律斯是一个很好的绅士呢。

黑　莱散特也很好啊。

提　以他的本身而论当然不用说；但要是做你的丈夫，他不能得到你父亲的同意，就比起来差一头地了。

黑　我真希望我的父亲和我同样看法。

提　实在还是应该你依从你父亲的眼光才对。

黑　请殿下宽恕我！我不知道什么一种力量使我如此大胆，也不知道在这里披诉我的心思将会怎样影响到我的美名；但是我要敬问殿下，要是我拒绝嫁给第米屈律斯，就会有什么最恶的命运临到我的头上？

提　不是受死刑，便是永远和男人隔绝。因此，美丽的黑美霞，仔细问一问你自己的心愿吧！考虑一下你的青春，好好地估量一下你血脉中的搏动；倘然不肯服从你父亲的选择，想想看能不能披上尼姑的道服，终生幽闭在阴沉的庵院中，向着凄凉寂寞的明月唱着黯淡的圣歌，做一个孤寂的修道女了此一生？她们能这样抑制了热情，到老保持处女的贞洁，自然应当格外受到上天的眷宠；但是结婚的女子如同被采下炼制过的玫瑰，香气留存不散，比之孤独地自开自谢，奄然朽腐的花儿，在尘俗的眼光中看来总是要幸福得多了。

黑　就让我这样自开自谢吧，殿下，我也不愿意把我的贞操奉献给我的心所不甘服的人。

提　回去仔细考虑一下。等到新月初生的时候，——我和我的爱人缔结永久的婚约的一天，——你便当决定，倘不是因为违抗你父亲的意志而准备一死，便是听从他而嫁给第米屈律斯；否则就得在黛安娜②的神坛前立誓严守戒律，终生不嫁。

第　悔悟吧，可爱的黑美霞！莱散特，放弃你那无益的要求，不要再跟我的确定的权利抗争了吧。

莱　你已经得到她父亲的爱，第米屈律斯，让我保有着黑美霞的爱吧；你去跟她的父亲结婚好了。

伊　无礼的莱散特！一点不错，我欢喜他，我愿意把属于我所有的给他；她是我的，我要把我在她身上的一切权利都授给第米屈律斯。

莱　殿下，我和他一样好的出身；我和他一样有钱；我的爱情比他深得多；我的财产即使不比第米屈律斯更多，也决不会比他少；比起这些来更值得夸耀的是，美丽的黑美霞爱的是我。那么为什么我不能享有我的权利呢？讲到第米屈律斯，我可以当他的面前宣布，曾经向奈达的女儿海冷娜调过情，把她勾上了手；这位可爱的女郎痴心地恋着他，像崇拜偶像一样地恋着这个缺德的负心汉。

提　的确我也听到过不少闲话，曾经想和第米屈律斯谈起；但是因为自己的事情太多，所以忘了，来，第米屈律斯；来，伊及斯；你们两人跟我来，我有些私人的话要对你们说。你，美丽的黑美霞，好好准备着依从你父亲的意志，否则雅典的法律将要把你处死，或者使你宣誓独身；我们没有法子变更这条法律。来，喜坡丽妲；怎样，我的爱人？第米屈律斯和伊及斯，走吧；我必须差你们为我们的婚礼办些事务，还要跟你们商量一些和你们有点关系的事。

伊　我们敢不欣然跟从殿下。

　　　　　　　　　　　　　　（除莱、黑外均下）

莱　怎么啦，我的爱人！为什么你的脸颊这样惨白？你脸上的蔷薇怎么会凋谢得这样快？

黑　多分是因为缺少雨露，但我眼中的泪涛可以灌溉它们。

莱　唉！从我所能在书上读到，在传说或历史中听到的，真爱情的道路永远是崎岖多阻；不是因为血统的差异，——

黑　不幸啊，尊贵的要向微贱者屈节臣服！

莱　或者因为年龄上的悬殊，——

Lysander. ... and she, sweet lady, dotes, Devoutly dotes, dotes
in Idolatry, Upon this spotted and inconstant man.

黑　可憎啊，年老的要和年青人发生关系！

莱　或者因为信从了亲友们的选择，——

黑　倒霉啊，选择爱人要依赖他人的眼光！

莱　或者，即使彼此两情悦服，而战争，死亡，或疾病侵害着它，使它像一个声音，一片影子，一段梦，一阵黑夜中的闪电那样短促，在一刹那间它展现了天堂和地狱，但还来不及说一声"瞧啊！"黑暗早已张开口把它吞噬了。光明的事物，总是那样很快地变成了混沌。

黑　既然真心的恋人们永远要受到磨折，似乎是一条命运的定律，那么让我们练习着忍耐吧；因为这种磨折，正和忆念，幻梦，叹息，希望和哭泣一样，都是可怜的爱情缺不了的随从者。

莱　你说得很对。听我吧，黑美霞。我有一个寡居的伯母，很有钱，并没有儿女，她看待我就像亲生的独子一样。她的家离开雅典二十里路；温柔的黑美霞，我可以在那边和你结婚，雅典法律的利爪不能追及我们，要是你爱我，请你在明天晚上溜出了你父亲的屋子，走到郊外三里路地方的森林里，在那边我曾约会过你和海冷娜一同举行五月节的③，我将在那面等你。

黑　我的好莱散特！凭着邱必特的最坚强的弓，凭着他的金镞的箭④，凭着维纳丝的鸽子的纯洁，凭着那结合灵魂，祜佑爱情的神力，凭着古代迦泰基女王焚身的烈火，当她看见她那负心的特洛埃人扬帆而去的时候⑤，凭着一切男子所毁弃的约誓，——那数目是远超过于女子所曾说过的，我发誓明天一定会到你所指定的那地方和你相会。

莱　愿你不要失约，爱人。瞧，海冷娜来了。

【海冷娜上。

黑　上帝保佑美丽的海冷娜！你到那里去？

海　你称我美丽吗？请你把那两个字收回了吧！第米屈律斯爱着你的美丽；幸福的美丽啊！你的眼睛是两颗明星，你的甜蜜的声音比之在牧人耳中的云雀之歌还要动听，当小麦青青，山楂蓓蕾的时节。疾病是能染人的；唉！要是美貌也能传染的话，美丽的黑美霞，我但愿染上你的美丽；我要用我的耳朵捕获你的声音，用我的眼睛捕获你的睇视，用我的舌头捕获你那柔美的旋律。要是除了第米屈律斯之外，整个世界都是属于我所有，我愿意把一切捐弃，但求化身为你。啊！教给我你怎样流转你的眼波，用怎么一种魔术操纵着第米屈律斯的心？

黑　我向他皱着眉头，但是他仍旧爱我。

海　唉，要是你的颦蹙能把那种本领传授给我的微笑就好了。

黑　我给他咒骂，但他给我爱情。

海　唉，要是我的祈祷也能这样引动他的爱情就好了。

黑　我越是恨他，他越是跟随着我。

海　我越是爱他，他越是讨厌我。

黑　海冷娜，他的傻并不是我的错。

海　但那是你的美貌的错处；要是那错处是我的就好了！

黑　宽心吧，他不会再见我的脸了；莱散特和我将要逃开此地。在我不曾遇见莱散特之前，雅典对于我就像是一座天堂；啊，有怎样一种神奇在我的爱人身上，使他能把天堂变成一座地狱。

莱　海冷娜，我们不愿瞒你。明天夜里，当月亮在镜波中反映她的银色的容颜，晶莹的露珠点缀在草叶尖上的时候，——那往往是情奔最适当的时候，我们预备溜出雅典的城门。

黑　我的莱散特和我将要会集在林中，就是你我常常在那边淡雅的樱草花的花坛上躺着彼此吐露柔情的衷曲的所在，从那里我们便将离别了雅典，去访寻新的朋友，和陌生人作伴了。再会吧，亲爱的游侣！请你为我们祈祷；愿你重新得到第米屈律斯的心！不要失约，莱散特；我们现在必须暂时挨受一下离别的痛苦，到明晚夜深时再见面吧！

莱　一定的，我的黑美霞。

（黑下）

海冷娜，别了；如同你恋着他一样，但愿第米屈律斯也恋着你！

（下）

海　有些人比起其他的人来是多么幸福！在全雅典

大家都以为我跟她一样美；但那有什么相干呢？
第米屈律斯是不以为如此的；除了他一个人之
外大家都知道的事情，他不会知道。正如他那样
错误地迷恋着黑美霞的秋波一样，我也是只知
道爱慕他的才智；一切卑劣的弱点，在恋爱中都
成为无足重轻，而变成美满和庄严。爱情是不用
眼睛，而用心灵看着的，因此生着翼膀的邱必特
常被描成盲目；而且爱情的判断全然没有理性，
是翼膀不是眼睛表示出卤莽的迅速，因此爱神
便据说是一个孩儿，因为在选择方面他常会弄
错。正如顽皮的孩子惯爱发假誓一样，司爱情的
小儿也到处赌着口不应心的咒。第米屈律斯在
没有看见黑美霞之前，他也曾像雨雹一样发着
誓，说他是完全属于我的；但这阵冰雹一感到一
丝黑美霞身上的热力，他便溶解了，无数的盟言
都化为乌有。我要去告诉他美丽的黑美霞的出
奔；他知道了以后明夜一定会到林中去追寻她。
如果为着这次的通报消息，我能得到一些酬谢，
我的代价也一定不小；但我的目的是要增加我

Helena.　And therefore is wing'd Cupid painted blind.

的苦痛，使我能再一次聆接他的音容。

（下）

第二场　雅典；袞斯的家中

【袞斯，史纳格，波顿，弗鲁脱，斯诺脱，司他巫林上。

袞　　咱们一伙人大家都到了吗？

波　　你最好照着名单一个儿一个儿拢总地点一下名。

袞　　这儿是每个人名字都在上头的名单，全个儿雅典
　　　都承认，在公爵跟公爵夫人结婚那晚上当着他们
　　　的面前扮演咱们这一出插戏，这张名单上的弟兄
　　　们是再合式也没有的了。

波　　第一，好彼得袞斯，说出来这出戏讲的是什么，
　　　然后再把扮戏的人名字念出来，好有个头脑。

袞　　好，咱们的戏名是"最可悲的喜剧，以及匹拉麦
　　　斯和雪丝佩的最惨酷的死"。

波　　那一定是篇出色的东西，咱可以担保而且是挺有

趣的。现在好彼得奁斯照着名单把你的角儿们的
名字念出来吧。列位，大家站开。

奁　咱一叫谁的名字，谁就答应。聂克波顿，织布的。

波　有。先说咱应该扮那一个角儿，然后再挨次叫
　　下去。

奁　你，聂克波顿，派着扮匹拉麦斯。

波　匹拉麦斯是谁呀？一个情郎呢，还是一个霸王？

奁　是一个情郎，为着爱情的缘故，他挺勇敢地把自
　　己毁了。

波　要是演得活龙活现，那准可以引人吊下几滴泪
　　来。要是咱演起来的话，让看客们大家留心着自
　　个儿的眼睛吧；咱要痛哭流涕，管保风云失色。
　　把其余的人叫下去吧。但是扮霸王挺适合咱的胃
　　口了。咱会把厄克里斯⑥扮得非常好，或者什么
　　大花脸的角色，管保吓破了人的胆。

　　　　山岳狂怒的震动，

　　　　　裂开了牢狱的门；

　　　　太阳在远方高耸，

　　　　　慑伏了神灵的魂。

Helena.   Wings, and no eyes, figure unheedy haste.

那真是了不得！现在把其余的名字念下去吧。这是厄克里斯的神气，霸王的神气；情郎还得忧愁一点。

衮　弗朗西斯弗鲁脱，修风箱的。

弗　有，彼得衮斯。

衮　你得扮雪丝佩。

弗　雪丝佩是谁呀？一个游行的侠客吗？

衮　那是匹拉麦斯必须爱上的姑娘。

弗　噢，真的，别叫咱扮一个娘儿；咱的胡子已经在长起来啦。

衮　那没有问题；你得套上假脸扮演，你可以小着声音讲话。

波　咱也可以把脸孔罩住，雪丝佩也给咱扮了吧。咱会细声细气的说话，"雪丝妮！雪丝妮！""啊呀！区拉麦斯，奴的情哥哥，是你的雪丝佩，你的亲亲爱爱的姑娘！"

衮　不行，不行，你必须扮匹拉麦斯。弗鲁脱，你必须扮雪丝佩。

波　好吧，叫下去。

衮	罗宾司他巫林，裁缝的。
司	有，彼得衮斯。
衮	罗宾司他巫林，你扮雪丝佩的母亲。汤姆斯诺脱，补锅子的。
斯	有，彼得衮斯。
衮	你扮匹拉麦斯的爸爸；咱自己扮雪丝佩的爸爸；史纳格，做细木工的，你扮一只狮子；咱想这本戏就此支配好了。
史	你有没有把狮子的台词写下？要是有的话，请你给我，因为我记性不大好。
衮	你不用预备，你只要嚷嚷就算了。
波	让咱也扮狮子吧。咱会嚷嚷，叫每一个人听见了都非常高兴；咱会嚷着嚷着，连公爵都传下谕旨来说，"让他再嚷下去吧！让他再嚷下去！"
衮	你要嚷得那们可怕，吓坏了公爵夫人和各位太太小姐们，吓得她们尖声叫起来；那准可以把咱们一起给吊死了。
众	那准会把咱们一起给吊死，每一个母亲的儿子都逃不了。

波 朋友们，你们说的很是；要是你把太太们吓昏了头，她们一定会不顾三七二十一把咱们给吊死。但是咱可以把声音压得高一些，不，提得低一些；咱会嚷得就像头小鸽子那们地，就像头夜莺那们地。

衮 你只能扮匹拉麦斯；因为匹拉麦斯是一个讨人欢喜的小白脸，一个体面人，就像你可以在夏天看到的那种人；他又是一个可爱的堂堂绅士模样的人；因此你必须扮匹拉麦斯。

波 行，咱就扮匹拉麦斯。顶好咱挂什么须。

衮 那随你便吧。

波 咱可以挂你那稻草色的须，你那橙黄色的须，你那紫红色的须，或者你那法国金洋钱色的须，纯黄色的须。

衮 你还是光着脸蛋吧，列位，这儿是你们的台词。咱请求你们，恳求你们，要求你们，在明儿夜里念熟，趁着月光，在郊外一里路地方的禁林里咱们碰头，在那边咱们要练习练习；因为要是咱们在城里练习，就会有人跟着咱们，咱们的计划就

Bottom.   I will move storms, I will condole in some measure.

要泄漏出来。同时咱要开一张咱们演戏所需要的东西的单子。请你们大家不要误事。

波　　咱们一定在那边碰头；咱们在那边练习起来可以像样点儿胆大点。大家辛苦一下，要干得非常好。再会吧。

衮　　咱们在公爵的橡树底下再见。

波　　好了，可不许失约。

（同下）

ACT II ✳ ✳ ✳

第二幕

ACT II.

第一场　雅典附近的森林

【一神仙及迫克自相对方向上。

迫　　喂，精灵！你飘流到那里去？

仙　　越过了溪谷和山陵，

　　　　穿过了荆棘和丛薮，

　　　越过了围场和园庭，

　　　　穿过了激流和爝火：

　　　我在各地漂游流浪，

　　　轻快得像是月光光；

　　　我给仙后奔走服务，

　　　草环上缀满轻轻露①。

　　　亭亭的莲馨花是她的近侍，

　　　黄金的衣上饰着点点斑痣；

那些是仙人们投赠的红玉，

中藏着一缕缕的芳香馥郁；

我要在这里访寻几滴露水，

给每朵花挂上珍珠的耳坠；

再会，再会吧，你粗野的精灵！

因为仙后的大驾快要来临。

迫 今夜大王在这里大开欢宴，

千万不要让他俩彼此相见；

奥白朗的脾气可不是顶好，

为着王后的固执十分着恼；

她偷到了一个印度小王子，

就像心肝一样怜爱和珍视；

奥白朗看见了有些儿眼红，

想要把他充作自己的侍童；

可是她那里便肯把他割爱，

满头花朵她为他亲手插戴。

从此林中，草上，泉畔，和月下，

他们一见面便要破口相骂；

小妖们往往吓得胆战心慌，

没命地钻向橡斗中间躲藏。

仙　要是我没有把你认错，你大概便是名叫罗宾好人
　　儿的狡猾的淘气的精灵了。你就是惯爱吓怕乡村
　　的女郎，在人家的牛乳上撮去了乳脂，使那气喘
　　吁吁的主妇整天也搅不出奶油来；有时你暗中替
　　人家磨谷，有时弄坏了酒使它不能起酵；夜里走
　　路的人你把他们引入了迷路，自己却躲在一旁窃
　　笑；谁叫你大仙或是好迫克的，你就给他幸运，
　　帮他作工：那就是你吗？

迫　仙人你说得正是；我就是那个快活的夜游者。我
　　在奥白朗跟前想出种种笑话来逗他发笑，看见一
　　头肥胖精壮的马儿，我就学着雌马的嘶声把它迷
　　昏了头；有时我化作一颗焙熟的野苹果，躲在老
　　太婆的酒碗里，等她举起碗想喝的时候，我就拍
　　的弹到她嘴唇上，把一碗麦酒都倒在她那皱瘪的
　　喉皮上；有时我化作三脚的凳子，满肚皮人情世
　　故的婶婶刚要坐下来讲她那感伤的故事，我便从
　　她的屁股底下滑走，把她翻了一个大元宝，一头
　　喊"好家伙！"一头咳呛个不住，于是周围的人

大家笑得前仰后合，他们越想越好笑，鼻涕眼泪都笑了出来，发誓说从来不曾逢到过比这更有趣的事。但是让开路来，仙人，奥白朗来了。

仙　　娘娘也来了。他要是走开了才好！

【奥白朗及蒂妲妮霞各带侍从，自相对方向上。

奥　　真不巧又在月光下碰见你，骄傲的蒂妲妮霞！

蒂　　嘿，嫉妒的奥白朗！神仙们，快快走开；我已经发誓不和他同游同寝了。

奥　　等一等，坏脾气的女人！我不是你的夫君吗？

蒂　　那么我也一定是你的尊夫人了。但是你从前溜出了仙境，扮作牧人的样子，整天吹着麦笛，向风骚的牧女调情。这种事我全知道。今番你为什么要从迢迢的印度平原上赶到这里来呢？无非是为着那位高傲的亚美仲女王，你的勇武的爱人，要嫁给提修斯了，所以你得来道贺道贺他们。

奥　　你怎么好意思说出这种话来，蒂妲妮霞，把我的名字和喜坡丽妲牵涉在一起诬蔑我？你自己知道你和提修斯的私情瞒不过我。不是你在朦胧的夜

SNOUT

PETER QUINCE

里引导他离开被他所俘掠的佩丽贡娜？不是你使他负心地遗弃了美丽的哀葛梨，爱菊莉安邓，和安娣奥巴②？

蒂　这些都是因为嫉妒而捏造出来的谎话。自从仲夏之初我们每次在山上，谷中，树林里，草场上，细石铺底的泉旁，或是海滨的沙滩上聚集，预备和着鸣啸的风声跳环舞的时候，总是要被你吵断了我们的兴致。风因为我们不理会他的吹奏，生了气，便从海中吸起了毒雾；毒雾化成瘴雨降下地上，使每一条小小的溪河都耀武扬威地泛滥到岸上；因此牛儿白白牵着轭，农夫枉费了他的血汗，青青的嫩禾还没有长上芒须，便朽烂了；空了的羊栏露出在一片汪洋的田中，乌鸦饱啖着瘟死了的羊群的尸体；草泥坂上满是湿泥，杂草乱生的舞径，因为没有人行走，已经辨不出来。执掌潮汐的月亮，因为再也听不见夜间颂神的歌声，气得脸孔发白，把空气中播满了湿气，一沾染上身就要使人害风湿症。因为天时不正，季候也变了常：白头的寒霜倾倒在红颜的蔷薇的怀里，年迈的冬神薄薄的冰冠上，却嘲讽似地缀上了夏天芬芳的蓓蕾的花环。春季，夏季，丰收的秋季，暴怒的冬季，都改换了他们素来的装束，惊愕的世界不能再从他们的出产上辨别出谁是谁来。这都因为我们的不和所致，我们是一切灾祸的根源。

奥　　那么你就该设法补救；这全然在你的手中。为什么蒂妲妮霞要违拗她的奥白朗呢？我所要求的，不过是一个小小的换儿③做我的侍僮罢了。

蒂　　请你死了心吧，整个仙境也不能从我手里换得个孩子。他的母亲是我神坛前的一个信徒，在芬芳的印度的夜天，她常常在我身旁闲谈，陪我坐在海神的黄沙上，凝望着水面的商船；我们一起笑着那些船帆因浪狂的风而怀孕，一个个凸起了肚皮；她那时正也怀孕着这个小宝贝，便学着船帆的样子，美妙而轻快地凌风而行，为我往岸上寻取各种杂物，回来时就像航海而归，带来了无数的商品。但她因为是一个凡人，所以在产下这孩子时便死了。为着她的缘故我才抚养她的孩子，

STARVELING

也为着她的缘故我不愿舍弃他。

奥　你预备在这林中耽搁多少时候？

蒂　也许要到提修斯的婚礼以后。要是你肯耐心地和
我们一起跳舞，看看我们月光下的游戏，那么跟
我们一块儿走吧；不然的话，请你不要见我，我
也决不到你的地方来。

奥　把那个孩子给我，我就和你一块儿走。

蒂　把你的仙国跟我掉换都别想。神仙们，去吧！要
是我再多留一刻，我们就要吵起来了。

　　　　　　　　　　　　　　　　（率侍从等下）

奥　好，去你的吧！为着这次的侮辱，我一定要在你
离开这座林子之前给你一些惩罚。我的好迫克，
过来。你记不记得有一次我坐在一个海岬上，
望见一个美人鱼骑在海豚的背上，她的歌声是
这样婉转而谐美，镇静了狂暴的怒海，好几个星
星都疯狂地跳出了他们的轨道，为要听这海女
的音乐④。

迫　我记得。

奥　就在那个时候，你不看见，但我能看见持着弓箭

的邱必特在冷月和地球之间飞着；他瞄准了坐在西方宝座上的一个童贞女⑤，很伶巧地从他的弓上射出他的爱情之箭，好像它能刺透十万颗心的样子。否则我也许可以看见小邱必特的火箭在如水的冷洁的月光中熄灭，那位童贞的女王心中一尘不染地，在纯洁的思念中默步过去；但是我看见那支箭却落下在西方一朵小小的花上，本来是乳白色的现在已因爱情的创伤而被染成紫色，少女们把它称作"爱嫩花。"去给我把那花采来。我曾经给你看过它的样子；它的汁液如果滴在睡着的人的眼皮上，无论男女，醒来一眼看见什么生物，都会发疯似地对它恋爱。给我采这种花来；在鲸鱼还不会游过三里路之前，必须回来覆命。

迫　我可以在四十分钟内环绕世界一周。

（下）

奥　这种花汁一到了手，我便留心着等蒂妲妮霞睡了的时候把它滴在她的眼皮上；她一醒来第一眼所看见的东西，无论是狮子也好，熊也好，狼也好，公牛也好，或者好事的朋猕猴，忙碌的无尾猿也好，她都会用最强烈的爱情追求它。我可以用另一种草解去这种魔力，但第一我先要叫她把那个孩子让给我。可是谁到这儿来啦？他们看不见我，让我听听他们的谈话。

【第米屈律斯上，海冷娜随其后。

第　　我不爱你，所以别跟着我。莱散特和美丽的黑美霞在那儿？我要把莱散特杀死，但我的命却悬在黑美霞手中。你对我说他们私奔到这座林子里，因此我赶到这儿来；可是因为遇不见我的黑美霞我简直要发疯啦。滚开！快走，不许再跟着我！

海　　是你吸引我跟着你的，你这硬心肠的磁石！可是你所吸的却不是铁，因为我的心像钢一样坚贞。要是你去掉你的吸引力，那么我也将没有力量再跟着你了。

第　　是我引诱你吗？我曾经向你说过好话吗？我不是曾经明明白白地告诉过你，我不爱你而且也不能爱你吗？

海　　即使那样，也只是使我爱你得更加利害。我是你

Puck. How now, spirit! whither wander you?

的一条狗，第米屈律斯；你越是打我，我越是讨好你。请你就像对待你的狗一样对待我吧，踢我，打我，冷淡我，不理我，都好，只容许我跟随着你，虽然我是这么不好。在你的爱情里我还能要求什么比一条狗还不如的地位吗？但那对于我已经是十分可贵了。

第　不要过分逗着我的厌恨吧；我一看见你就头痛。

海　可是我不看见你就心痛。

第　你太不顾虑你自己的体面，离开了城中，把你自己委身在一个不爱你的人手里；你也不想想你的贞操多么值钱，就在黑夜中这么一个荒凉的所在盲目地听从着不可知的命运。

海　你使我能够安心：因为当我看见你脸孔的时候，黑夜也变成了白昼，因此我并不觉得现在是在夜里；你在我的眼光里是一切的世界，因此在这座林中我也不愁缺少伴侣；要是一切的世界都在这儿瞧着我，我怎么还是单身独自呢？

第　我要逃开你，躲在丛林之中，悉听野兽把你怎样处置。

海　　最凶恶的野兽也不像你那样残酷。你要逃开我就逃开吧；从此以后，古来的故事要改过了：逃走的是亚坡罗，追赶的是但芙妮[6]；鸽子追逐着鹰隼；温柔的牝鹿追捕着猛虎；然而弱者追求勇者，结果总是徒劳无益的。

第　　我不高兴听你再唠叨下去。让我去吧；要是你再跟着我，相信我在这座林中你要给我欺负的。

海　　嗯，在寺庙中，在市镇上，在乡野里，你都到处欺负我。唉，第米屈律斯！你的虐待我已经使我们女子蒙上了耻辱。我们是不会像男人一样为爱情而争斗的；我们应该被人家求爱，而不是向人家求爱。

（第下）

我要立意跟随你。我愿死在我所深爱的人的手中，好让地狱化成了天宫。

（下）

奥　　再会吧，女郎！当他还没有离开这座树林，你将逃避他，将追求你的爱情。

【迫克重上

奥　你已经把花采来了吗？欢迎啊，浪游者！

迫　是的，它就在这儿。

奥　请你把它给我。

　　我知道一处茴香盛开的水滩，

　　长满着樱草和盈盈的紫罗兰，

　　馥郁的金银花，芬泽的野蔷薇，

　　漫天张起了一幅芬芳的锦帷。

　　有时蒂妲妮霞在群花中酣醉，

　　柔舞清歌低低地抚着她安睡；

　　我要洒一点花汁在她的眼上，

　　让她充满了各种可憎的幻象。

　　其余的你带了去在林中访寻，

　　一个娇好的少女见弃于情人；

　　倘见那薄幸的青年在她近前，

　　就把它轻轻地点上他的眼旁。

　　他的身上穿着雅典人的装束，

　　你须仔细辨认清楚不许弄错；

　　小心地执行着我谆谆的吩咐，

让他无限的柔情都向她倾吐。

等第一声雄鸡啼时我们再见。

迫　　放心吧，主人，一切如你的意念。

（各下）

第二场 林中的另一处

【蒂妲妮霞及侍从等上。

蒂　　来，跳一回舞，唱一曲神仙歌，然后在一分钟内
　　　余下来的三分之一的时间里，大家散开去；有的
　　　去杀死麝香玫瑰嫩苞中的蛀虫；有的去和蝙蝠作
　　　战，剥下它们的翼革来为我的小妖儿们做外衣；
　　　其余的人去赶逐每夜啼叫，看见我们这些伶俐的
　　　小精灵们而惊骇的猫头鹰。现在唱着给我催眠
　　　吧；唱罢之后，大家各做各的事，让我休息一会。

神仙们唱：　　　（一）两舌的花蛇，多刺的猬，

　　　　　　　　　　不要打扰着她的安睡；

　　　　　　　　　　蝾螈和蜥蜴不要行近，

　　　　　　　　　　仔细毒害了她的宁静。

夜莺鼓起你的清弦，

为我们唱一曲催眠：

睡啦，睡啦，睡睡吧！

睡啦，睡啦，睡睡吧！

一切害物远走高飏，

不会行近她的身旁；

晚安，睡睡吧！

（二）织网的蜘蛛，不要过来；

长脚的蛛儿，快快走开！

黑背的蜣螂，不许走近；

不许莽撞，蜗牛和蚯蚓。

夜莺，鼓起你的清弦，

为我们唱一曲催眠：

睡啦，睡啦，睡睡吧！

睡啦，睡啦，睡睡吧！

一切害物远走高飞，

不会行近她的身旁；

晚安，睡睡吧！

一仙人　　　　　去吧！现在一切都已完成，

只须留着一个人作哨兵。

（众神仙下，蒂妲妮霞睡）

【奥白朗上，挤花汁滴蒂妲妮霞眼皮上。

奥　等你眼睛一睁开，

　　你就看见你的爱，

　　为他担起相思债；

　　山猫，豹子，大狗熊，

　　野猪身上毛蓬蓬；

　　等你醒来一看见，

　　芳心可可为他恋。

（下）

【莱散特及黑美霞上。

莱　好人，你在林中跋涉着，疲乏得快要昏倒了。说
　　老实话，我已经忘记了我们的路。要是你同意，
　　黑美霞，让我们休息一下，停步下来舒适舒适吧。

黑　就照你的意思吧，莱散特。你去给你自己找一处
　　睡眠的所在，因为我要在这水滨安息我的形骸。

莱　一块草地可以作我们两人枕首的地方；两个胸膛一条心，应该合睡一个眠床。

黑　哎，不要，亲爱的莱散特；为着我的缘故，我的亲亲，再躺远一些，不要挨得那么相近。

莱　啊，爱人！不要误会了我的无邪的本意，恋人们是应该明白彼此所说的话的。我是说我的心和你的心连结在一起，已经打成一片分不开来；两个心胸彼此用盟誓连系，共有着一片的忠贞。因此不要拒绝我睡在你的身旁，黑美霞，我一点没有坏心肠。

黑　莱散特真会说话。要是黑美霞疑心莱散特有坏心肠，愿她从此不能堂堂做人。但是好朋友，为着爱情和礼貌的缘故，请睡得远一些；在人间的礼法上，这样的隔分对于束身自好的未婚男女，是最为合适的。这么远就行了。晚安，亲爱的朋友！愿爱情永无更改，直到你生命的尽头！

莱　依着你那祈祷我应和着阿们！阿们！我将失去我的生命，如其我失去我的忠贞！（略就远处退卧）这里是我的眠床了；但愿睡眠给与你充分的

FLUTE

休养！

黑　　那愿望我愿意和你分享！

（二人入睡）

【迫克上。

迫　　我已经在森林中间走遍，

　　　但雅典人可还不曾瞧见，

　　　我要把这花液在他眼上，

　　　试一试激动爱情的力量。

　　　静寂的深宵！啊，谁在这厢？

　　　他身上穿着雅典的衣裳。

　　　这正是我主人所说的他，

　　　狠心地欺负那美貌娇娃；

　　　她正在这一旁睡得酣熟，

　　　不顾到地上的潮湿龌龊；

　　　美丽的人儿！她竟然不敢

　　　睡近这没有心肝的恶汉。（挤花汁滴莱散特眼上）

　　　我要在你眼睛上，坏东西！

　　　倾注着魔术的力量神奇；

等你醒来的时候，让爱情

从此扰乱你睡眠的安宁！

别了，你醒来我早已去远，

奥白朗在盼我和他见面。

（下）

【第米屈律斯及海冷娜奔驰上。

海　　你杀死了我也好，但是请你停步吧，亲爱的第米
　　　屈律斯！

第　　我命令你走开，不要这样缠扰着我！

海　　啊！你要把我丢在黑暗中吗？请不要这样！

第　　站住！否则叫你活不成。我要独自走我的路。

（下）

海　　唉！这痴心的追赶使我乏得透不过气来。我越是
　　　千求万告，越是惹他憎恶。黑美霞无论在什么地
　　　方都是那么幸福，因为她有一双天赐的迷人的眼
　　　睛。她的眼睛怎么会这样明亮呢？个是为着泪
　　　水的缘故，因为我的眼睛被眼泪洗着的时候比她
　　　更多。不，不，我是像一头熊那么难看，就是野

兽看见我也会因害怕而逃走；因此一点也不奇怪第米屈律斯会这样逃避着我，就像逃避一个丑妖怪。那一面欺人的坏镜子使我居然敢把自己跟黑美霞的明星一样的眼睛相比呢？但是谁在这里？莱散特！躺在地上！死了吗？还是睡了？我看不见有血，也没有伤处。莱散特，要是你没有死，好朋友，醒醒吧！

莱　（醒）我愿为着你赴汤蹈火，玲珑剔透的海冷娜！上天在你身上显出他的本领，使我能在你的胸前看彻你的心。第米屈律斯在那里？嘿！那个难听的名字多么合适让他死在我的剑下！

海　不要这样说，莱散特！不要这样说！即使他爱你的黑美霞又有什么关系，上帝！那又有什么关系？黑美霞仍旧是爱着你的，所以你应该心满意足了。

莱　跟黑美霞心满意足吗？不，我真悔恨和她在一起度着的那些可厌的时辰。我不爱黑美霞，我爱的是海冷娜；谁不愿意把一只乌鸦换一头白鸽呢？人们的意志是被理性所支配的，理性告诉我你比

Fairy.   Are not you he   That frights the maidens of the villagery;

她更值得敬爱。凡是生长的东西，不到季节，总不会成熟：我一向因为年青的缘故，我的理性也不曾成熟；但是现在我的智慧已经充分成长，理性指挥着我的意志，把我引到了你的眼前；在你的眼睛里我可以读别写在最丰美的爱情的经典上的故事。

海 我怎么忍受得下这种尖刻的嘲笑呢？我什么时候得罪了你，使你这样讥讽我呢？我从来不曾得到过，也永远不会得到，第米屈律斯的一瞥爱怜的眼光，难道那还不够，难道那还不够，年青人，而你必须再这样挖苦我的短处吗？真的，你侮辱了我；真的，用这种卑鄙的样子向我假意献媚。但是再会吧！我还以为你是个较有教养的上流人。唉！一个女子受到了这一个男人的摈拒，还得忍受那一个男子的揶揄！

（下）

莱 她没有看见黑美霞。黑美霞，睡你的吧，再不要走近莱散特的身边了！一个人吃饱了太多的甜食，能使胸胃中发生强烈的厌恶，改信正教的人，

Fairy. Mislead night-wanderers, laughing at their harm?

Fairy.   Those that Hobgoblin call you, and sweet Puck,
   You do their work, and they shall have good luck.

最是痛心疾首于以往欺骗他的异端邪说；你也正是这样。让你被一切的人所憎恶吧，但没有别人比之我更为憎恶你了。我的一切生命之力啊，用爱和力来尊崇海冷娜，做她的忠实的武士吧！

（下）

黑　（醒）救救我，莱散特！救救我！用出你全身力量来，替我在胸口上撵掉这条蠕动的蛇。哎呀，天哪！做了怎样的梦！莱散特，瞧我怎样因害怕而颤抖着。我觉得仿佛一条蛇在嚼食我的心，而你坐在一旁，瞧着它的残酷的肆虐微笑。莱散特！怎么！换了地方了？莱散特！好人！怎么！听不见？去了？没有声音，不说一句话？唉！你在那儿？要是你听见我，答应一声呀！凭着一切爱情的名义，说话呀！我差不多要因害怕而晕倒了。仍旧一声不响！我明白你已不在近旁；要是我寻不到你，我定将一命丧亡！

（下）

ACT III ⚘ ⚘ ⚘ ⚘ ⚘

第三幕

第一场　林中；蒂妲妮霞熟睡未醒

【衮斯，史纳格，波顿，弗鲁脱，斯诺脱，司他巫林上。

波　　咱们都会齐了吗？

衮　　妙极妙极，这儿真是给咱们练戏用的一块再方便
　　　也没有的地方。这块草地可以做咱们的戏台，这
　　　一丛山楂树便是咱们的后台。咱们可以认真扮演
　　　一下；就像当着公爵殿下的面前一个样儿。

波　　彼得衮斯，——

衮　　你说什么，波顿好家伙？

波　　在这本匹拉麦斯和雪丝佩的戏文里，有几个地方
　　　准难叫人家满意。第一，匹拉麦斯该得拔出剑来
　　　结果自己的性命，这是太太小姐们受不了的。你
　　　说可对不对？

斯　凭着圣母娘娘的名字，这可真的不是玩儿的事。

司　我说咱们把什么都做完了之后，这一段自杀可不用表演。

波　不必，咱有一个好法子。给咱写一段开场诗，让这段开场诗大概是这么说：咱们的剑是不会伤人的；实实在在匹拉麦斯并不真的把自己干了；顶好再那么声明一下，咱扮着匹拉麦斯的，并不是匹拉麦斯，实在是织工波顿：这么一下她们就不会吓了。

衮　好吧，就让咱们有这么一段开场诗，咱可以把它写成八六体①。

波　把它再加上两个字，让它是八个字八个字那么的吧。

斯　太太小姐们见了狮子不会起哆索吗？

司　咱担保她们一定会吓怕。

波　列位，你们得好好想一想：把一头狮子，老天爷保佑咱们！带到太太小姐们的中间还有比这更荒唐得可怕的事吗？在野兽中间，狮子是再凶恶不过的。咱们可得考虑考虑。

斯　　那么说，就得再写一段开场诗，说他并不真的是狮子。

波　　不，你应当把他的名字说出来，他的脸蛋的一半要露在狮子头颈的外边；他自己就该说着这样或者诸如此类的话："太太小姐们，"或者说，"尊贵的太太小姐们，咱要求你们，"或者说，"咱请求你们，"或者说，"咱恳求你们，不用害怕，不用发抖；咱可以用生命给你们担保。要是你们想咱真是一头狮子，那咱才真是倒霉啦！不，咱完全不是这种东西；咱是跟别人一个样儿的人。"这么着让他说出自己的名字来，明明白白地告诉她们，他是细木工匠史纳格。

衮　　好吧，就是这么办。但是还有两件难事：第一，咱们要把月亮光搬进屋子里来；你们知道匹拉麦斯和雪丝佩是在月亮底下相见的。

史　　咱们演戏的那天可有月亮吗？

波　　拿历本来，拿历本来！瞧，历本上有没有月亮，有没有月亮。

衮　　有的，那晚上有好月亮。

Puck.   And on her withered dewlap pour the ale.

波　　啊，那么你就可以把大厅上的一扇窗打开，月亮
　　　就会打窗子里照进来啦。

箥　　对了；否则就得叫一个人一手拿着柴枝，一手举
　　　起灯笼，登场说他是代表着月亮。现在还有一件
　　　事，咱们在大厅里应该有一堵墙；因为故事上
　　　说，匹拉麦斯和雪丝佩在墙缝里彼此讲话。

史　　你可不能把一堵墙搬进来。你怎么说，波顿？

波　　让什么人扮做墙头；让他身上带着些灰泥黏土之
　　　类，表明他是墙头；让他把手指举起作成那个样
　　　儿，匹拉麦斯和雪丝佩就可以在手指缝里低声谈
　　　话了。

箥　　那样的话，一切就都已齐全了。来，每个老娘的
　　　儿子都坐下来，念着你们的台词。匹拉麦斯，你
　　　开头；你说完了之后，就走进那簇树后；这样大
　　　家可以按着尾白挨次说下。

【迫克自后上。

迫　　那一群伧夫俗子胆敢在仙后卧榻之旁鼓唇弄舌？
　　　哈，在那儿演戏！让我做一个听戏的吧；要是觑

Bottom.   Down topples she.

着机会的话也许我还要做一个演员哩。

衮　说吧，匹拉麦斯。雪丝佩，站出来。

波　雪丝佩，花儿开得十分腥，——

衮　十分香，十分香。

波　——开得十分香；

你的气息，好人儿，也是一个样。

听，那边有一个声音，你且等一等，

一会儿咱再来和你诉衷情。

（下）

迫　请看匹拉麦斯变成了怪妖精。

（下）

弗　现在该咱说了吧？

衮　是的，该你说。你得弄清楚，他是去瞧瞧什么声
音去的，等一会儿就要回来。

弗　最俊美的匹拉麦斯，脸孔红如红玫瑰，

肌肤白得赛过纯白的百合花，

活泼的青年，最可爱的宝贝，

忠心耿耿像一头顶好的马。

匹拉麦斯，咱们在尼内②的坟头相会。

袋　　"奈纳斯的坟头，"老兄。你不要就把这句说出
　　　来，那是要你答应匹拉麦斯的；你把要你说的话
　　　不管什么尾白不尾白都一古脑儿说出来啦。匹拉
　　　麦斯，进来；你的尾白已经给你说过了，是"顶
　　　好的马。"

弗　　噢，——忠心耿耿像一头顶好的马。

【迫克重上；波顿戴驴头随上。

波　　美丽的雪丝佩，咱是整个儿属于你的！

袋　　怪事！怪事！咱们见了鬼啦！列位，快逃！快
　　　逃！救命哪！

　　　　　　　　　　　　　　　　　　　　　（众下）

迫　　我要把你们带领得团团乱转，

　　　　经过一处处沼地，草莽，和林薮；
　　　有时我化作马，有时化作猎犬，

　　　　化作野猪，没头的熊，或是磷火；
　　　我要学马样嘶，犬样吠，猪样嗥，
　　　熊一样的咆哮，野火一样燃烧，

　　　　　　　　　　　　　　　　　　　　　（下）

波　　他们干么都跑走了呢？这准是他们的恶计，要把
　　　咱吓一跳。

【斯诺脱重上。

斯　　啊，波顿！你变了样子啦！你头上是什么东西呀？
波　　是什么东西？你瞧见你自己变成了一头蠢驴啦是
　　　不是？

　　　　　　　　　　　　　　　　　　　　　（斯下）

【衮斯重上。

衮　　天哪！波顿！天哪！你变啦！

　　　　　　　　　　　　　　　　　　　　　　（下）

波　　咱看透他们的鬼把戏；他们要把咱当作一头蠢
　　　驴，想出法子来吓咱。可咱决不离开这块地方，
　　　瞧他们怎么办。咱要在这儿跑来跑去；咱要唱个
　　　歌儿，让他们听见了知道咱可一点不怕。（唱）
　　　　山乌嘴巴黄沉沉，
　　　　　浑身长满黑羽毛，
　　　　画眉唱得顶认真，

声音尖细是欧鸲。

蒂　（醒）什么天使使我从百花的卧榻上醒来呢？

波　鹡鸰，麻雀，百灵鸟，

　　　　还有杜鹃爱骂人，

　　大家听了心头恼，

　　　　可是谁也不回声③。

　　真的，谁耐烦跟这么一头蠢鸟斗口舌呢？即使它
　　骂你是乌龟，谁又高兴跟他争辩呢？

蒂　温柔的凡人，请你唱下去吧！我的耳朵沉醉在你
　　的歌声里，我的眼睛又为你的状貌所迷惑；在第
　　一次见面的时候，你的美姿已使我不禁说出而且
　　矢誓着我爱你了。

波　咱想，奶奶，您这可太没有理由。不过说老实
　　话，现今世界上理性可真难得跟爱情碰头在一
　　起；也没有那位正直的邻居大叔给他俩撮合撮
　　合做朋友，真是抱歉得很。哈，我有时也会说说
　　笑话。

蒂　你真是又聪明又美丽。

波　不见得，不见得。可是咱要是有本事跑出这座林

Titania.   Playing on pipes of corn, and versing love
To amorous Phillida.

子，那已经很够了。

蒂　　请不要跑出这座林子！不论你愿不愿，你一定要
　　　留在这里。我不是一个平常的精灵，夏天永远听
　　　从着我的命令；我真是爱你，因此跟我去吧。我
　　　将使神仙们侍候你，他们会从海底里捞起珍宝献
　　　给你；当你在花茵上睡去的时候，他们会给你歌
　　　唱；而且我要给你洗涤去俗体的垢秽，使你身轻
　　　得像个精灵一样。豆花！蛛网！飞蛾！芥子！

【四神仙上。

豆　　有。

蛛　　有。

飞　　有。

芥　　有。

四仙合　　差我们到什么地方去？

蒂　　恭恭敬敬地伺候这先生，
　　　窜窜跳跳地追随他前行；
　　　给他吃杏子，鹅莓，和桑椹，
　　　紫葡萄和无花果儿青青。

Oberon.   And ... break his faith,
                   With Ariadne.

Titania.   To dance our ringlets to the whistling wind.

去把野蜂的蜜囊儿偷取，

剪下蜂股的蜜蜡做烛炬，

在流萤的火睛里点了火，

照着我的爱人晨兴夜卧；

再摘下彩蝶儿粉翼娇红，

搧去他眼上的月光溶溶。

来，向他鞠一个深深的躬。

四仙　　万福，凡人！

波　　请你们列位先生多多担待担待在下。请教大号
　　　是——？

蛛　　蛛网。

波　　很希望跟您交个朋友，好蛛网先生；要是咱指头
　　　儿割破了的话，咱要大胆用到用到您④。善良的
　　　先生，您的尊号是——？

豆　　豆花。

波　　啊，请多多给咱向您令堂豆荚奶奶和令尊豆壳
　　　先生致意。好豆花先生，咱也很希望跟您交个朋
　　　友。先生，您的雅号是——？

芥　　芥子。

波　　好芥子先生，咱知道您是个饱历艰辛的人；那头
　　　特强凌弱的大牛曾经把您家里好多人都吞去了。
　　　不瞒您说，您的亲戚们曾经把咱辣出眼水来。咱
　　　希望跟您交个朋友，好芥子先生。

蒂　　来，侍候着他，引路到我的闺房。

　　　　月亮今夜有一颗多泪的眼睛；

　　　小花们也都陪着她眼泪汪汪，

　　　　悲悼一些失去失去了的童贞。

　　　　吩咐那好人静静走不许作声。

（同下）

第二场　林中的另一处

【奥白朗上。

奥　　不知道蒂妲妮霞有没有醒来，等她一醒来的时候，她就要猛烈地爱上了她第一眼所看到的无论什么东西了。
这边来的是我的使者。

【迫克上。

奥　　啊，疯狂的精灵！在这座夜的魔林里现在有什么事情发生？

迫　　娘娘爱上了一个怪物了。当她昏昏睡熟的时候，在她的隐密的神圣的卧室之旁，来了一群村汉；他们都是在雅典市集上作工过活的粗鲁的手艺人，聚集在一起练着戏，预备在提修斯结婚的那天表演。在这一群蠢货的中间，一个最蠢的蠢材扮演着匹拉麦斯；当他退场而走进一簇丛林里去的时候，我就抓住了这个好机会，给他的头上罩上一只死驴的头壳。一会儿他因为必须去答应他的雪丝佩，所以这位好伶人又出来了。他们一看见了他，就像雁子望见了蹑足行近的猎人，又像一大群灰鸦听见了枪声，轰然飞起乱叫，四散着横扫过天空一样，大家没命逃走了；又因为我们的跳舞震动了地面，一个个构仆竖倒，嘴里乱喊着救命。他们本来就是那么糊涂，这回吓得完全丧失了神智，没有知觉的东西也都来欺侮他们了：野茨和荆棘抓破了他们的衣服；有的失去了袖子，有的落掉了帽子，败军之将，无论什么东西都是予取予求的。在这种惊惶中我领着他们走去，把变了样子的可爱的匹拉麦斯孤单单地留下；就在那时候，蒂妲妮霞醒了转来，立刻就爱上了一头驴子了。

奥 这比我所能想得到的计策还好。但是你有没有依照我的吩咐，把那爱汁滴在那个雅典人的眼上呢？

迫　那我也已经乘他睡熟的时候办好了。那个雅典女人就在他的身边，因此他一醒来，一定便会看见她。

【第米屈律斯及黑美霞上。

奥　站住，这就是那个雅典人。

迫　这女人一点不错；那男人可不是。

第　唉！为什么你这样骂着深爱你的人呢？那种毒骂是应该加在你仇敌身上的。

黑　现在我不过把你数说数说罢了；我应该更利害地对付你，因为我相信你是可咒诅的。要是你已经乘着莱散特睡着的时候把他杀了，那么把我也杀了吧；已经两脚踏在血泊中，索性让杀人的血淹没你的膝盖吧。太阳对于白昼，也没有像他对于我那样的忠心。当黑美霞睡熟的时候，他会悄悄地离开她吗？我宁愿相信地球的中心可以穿成孔道，月亮会从里面钻了过去，在地球的那

一端跟她兄长的白昼捣乱⑤。一定是你已经把他
杀死了；因为只有杀人的凶徒，脸上才会这样惨
白而可怖。

第　　被杀者的脸色应该是这样的，你的残酷已经洞穿
我的心，因此我应该有那样的脸色；但是你这杀
人的，却瞧上去仍然是那么辉煌莹洁，就像那边
天上闪耀着的维纳丝一样。

黑　　你这种话跟我的莱散特有什么关系？他在那里
呀？啊，好第米屈律斯，把他还给了我吧！

第　　我宁愿把他的尸体喂我的猎犬。

黑　　滚开，贱狗！滚开，恶狗！你使我再也忍不住
了。你真的把他杀了吗？从此之后，别再把你算
作人吧！啊，看在我的面上老老实实告诉我，告
诉我，你，一个清醒的人，看见他睡着，而把他
杀了吗？嗳唷，真勇敢！一条蛇，一条毒蛇，都
比不上你；因为它的分叉的毒舌，还不及你的毒
心更毒！

第　　你的脾气发得好没来由。我并没有杀死莱散特，
他也并没有死，照我所知道的。

Titania.   Full often hath she gossip'd by my side.

黑　　那么请你告诉我他是安全着。

第　　要是我告诉你，我将得到什么好处呢？

黑　　你可以得到永远不再看见我的权利。我从此离开
　　　你那可憎的脸；无论他死也吧活也吧，你再不要
　　　和我相见。

（下）

第　　在她这样盛怒之中，我还是不要跟着她。让我在
　　　这儿暂时停留一会儿。

　　　　睡眠欠下了沉忧的债[6]，

　　　　心头加重了沉忧的担；

　　　　我且把黑甜乡暂时寻访，

　　　　还了些还不尽的糊涂账。

（卧下睡去）

奥　　你干了些什么事呢？你已经大大地弄错了，把
　　　爱汁去滴在一个真心的恋人的眼上。为了这次错
　　　误，本来忠实的将要变了心肠，而不忠实的仍旧
　　　和以前一样。

迫　　一切都是命运在作主；保持着忠心的不过一个
　　　人，变心的，把盟誓起了一个毁了一个的，却有

　　　　百万个人。

奥　　比风还快地去往林中各处访寻名叫海冷娜的雅典
　　　　女郎吧；她是全然为爱情而憔悴的，痴心的叹息
　　　　耗去她脸上的血色。用一些幻象把她引到这儿来；
　　　　我将在他的眼睛上施上魔术，准备他们的见面。

迫　　我去，我去，瞧我一会儿便失了踪迹；
　　　　鞑靼人的飞箭都赶不上我的迅疾。

　　　　　　　　　　　　　　　　　　　　　　　　（下）

奥　　这一朵紫色的小花，
　　　　尚留着爱神的箭疤，
　　　　让它那灵液的力量，
　　　　渗进他眸子的中央。
　　　　当他看见她的时光，
　　　　让她显出庄严妙相，
　　　　如同金星照亮大庭，
　　　　让他向她宛转求情。

【迫克重上。

迫　　报告神仙界的头脑，

海冷娜已被我带到，

她后面随着那少年，

正在哀求着她眷怜。

瞧瞧那痴愚的形状，

人们真蠢得没法想！

奥　　站开些；他们的声音

将要惊醒睡着的人。

迫　　两男合爱着一女，

这把戏已够有趣；

最妙是颠颠倒倒，

看着才叫人发笑。

【莱散特及海冷娜上。

莱　　为什么你要以为我的求爱不过是向你嘲笑呢？嘲
笑和戏谑是永不会伴着眼泪而来的；瞧，我在起
誓的时候是多么感泣着！这样的誓言是不会被人
认作虚谎的。明明有着可以证明是千真万确的表
记，为什么你会以为我这一切都是出于姗笑呢？

海　　你越来越俏皮了。要是人们所说的真话都是互相

Oberon.   Yet mark'd I when the bolt of Cupid fell.

矛盾的，那么相信那一句真话好呢？这些誓言都是应当向黑美霞说的；难道你把她丢弃了吗？把你对她和对我的誓言放在两个秤盘里，一定称不出轻重来，因为都是像空话那样虚浮。

莱　当我向她起誓的时候，我实在一点见识都没有。

海　照我想起来，你现在把她丢弃了也不像是有见识的。

莱　第米屈律斯爱着她，但他不爱你。

第　（醒）啊，海伦！完美的女神！圣洁的仙子！我要用什么来比并你的秀眼呢，我的爱人？水晶是太昏暗了。啊，你的嘴唇，那吻人的樱桃，瞧上去是多么成熟，多么诱人！你一举起你那洁白的妙手，被东风吹着的滔勒斯高山上的积雪⑦，就显得像乌鸦那么黯黑了。让我吻一吻那纯白的女王，这幸福的象征吧！

海　唉，倒霉！该死！我明白你们都在把我取笑；假如你们是懂得礼貌有教养的人，一定不会这样侮辱我。我知道你们都讨厌着我，那么就讨厌我好了，为什么还要联合起来讥讽我呢？你们瞧上去都像堂堂男子，如果真是堂堂男子，就不该这样对待一个有身分的妇女；发着誓，赌着咒，过誉着我的好处，但我断得定你们的心里却在讨厌我。你们两人一同爱着黑美霞，现在转过身来一同把海冷娜嘲笑，真是大丈夫的行为，为着取笑的缘故逼一个可怜的女人流泪！高尚的人决不会这样轻侮一个闺女，逼到她忍无可忍，只是因为给你们寻寻开心。

莱　你太残忍，第米屈律斯，不要这样；因为你爱着黑美霞，这你知道我是十分明白的。现在我用全心和好意把我在黑美霞的爱情中的地位让给你；但你也得把海冷娜的让给我，因为我爱她，并且将要爱她到死。

海　从来不曾有过嘲笑者浪费过这样无聊的口舌。

第　莱散特，保留着你的黑美霞吧，我不要；要是我曾经爱过她，那爱情现在也已经消失了。我的爱不过像过客一样暂时驻留在她的身上，现在它已经回到它的永远的家，海冷娜的身边，再不到别处去了。

Second Fairy.   One aloof stand sentinel.

莱　　海伦，他的话是假的。

第　　不要侮蔑你所不知道的真理，否则你将以生命的
　　　危险重重补偿你的过失。瞧！你的爱人来了；那
　　　边才是你的爱人。

【黑美霞上。

黑　　黑夜使眼睛失去它的作用，但却使耳朵的听觉更
　　　为灵敏。我的眼睛不能寻到你，莱散特；但多谢
　　　我的耳朵，使我能闻见你的声音。你为什么那样
　　　忍心地离开了我呢？

莱　　爱情驱着一个人走的时候，为什么他要滞留呢？

黑　　那一种爱情能把莱散特驱开我的身边？

莱　　莱散特的爱情使他一刻也不能停留；美丽的海
　　　冷娜，她照耀着夜天，使一切明亮的繁星黯然无
　　　色。为什么你要来寻找我呢？虽道这还不能使你
　　　知道我因为厌恶你的缘故，才这样离开了你吗？

黑　　你说的不是真话；那不会是真的。

海　　瞧！她也是他们的一党。现在我明白了他们三
　　　个人一起联合了用这种恶戏欺凌我。欺人的黑美

霞！最没有良心的丫头！你竟然和这种人一同算计着向我开这种卑鄙的玩笑作弄我吗？难道我们两人从前的种种推心置腹，约为姊妹的盟誓，在一起怨恨疾足的时间这样快便把我们拆分的那种时光，啊！都已经忘记了吗？我们在同学时的那种情谊，一切童年的天真，都已经完全在脑后了吗？黑美霞，我们两人曾经像两个精巧的针神，在一起绣着同一朵花，描着同一个图样，我们同坐在一个椅垫上，齐声地曼吟着同一个歌儿，就像我们的手，我们的身体，我们的声音，我们的思想，都是连在一起不可分的样子。我们这样生长在一起，正如并蒂的樱桃，看似两个，其实却连生在一起；我们是结在同一茎上的两颗可爱的果实，我们的身体虽然分开，我们的心却只有一个。难道你竟把我们从前的友好丢弃不顾，而和男人们联合着嘲弄你的可怜的朋友吗？这种行为太没有朋友的情谊，而且也不合一个少女的身分。不单是我，我们全体女人都可以攻击你，虽然受到委屈的只是我一个。

黑　你这种愤激的话真使我惊奇。我并没有嘲弄你；
　　似乎你在嘲弄我哩。

海　你不曾唆使莱散特跟随我，假意称赞我的眼睛和
　　脸孔吗？你那另一个爱人，第米屈律斯，不久之
　　前还曾要用他的脚踢开我，你不曾使他称我为女
　　神，仙子，神圣而稀有的，珍贵的，超乎一切的
　　人吗？为什么他要向他所讨厌的人说这种话呢？
　　莱散特的灵魂里是充满了你的爱的，为什么他反
　　而要摈斥你，却要把他的热情奉献给我，倘不是
　　因为你的指使，因为你们曾经预先商量好？即使
　　我不像你那样得人爱怜，那样被人追求不舍，那
　　样好幸运，而是那样倒霉，因为得不到我所爱的
　　人的爱情，那和你又有什么关系呢？你应该可怜
　　我而不应该侮蔑我的。

黑　我不懂你说这种话的意思。

海　好，尽管装腔下去，扮着这一付苦脸，等到我一
　　转背，就要向我作嘴脸了；大家向彼此眨眨眼
　　睛，把这个绝妙的玩笑尽管开下去吧，将来会登
　　载在历史上的。假如你们是有同情心，懂得礼貌

的，就不该把我当作这样的笑柄。再会吧；一半
也是我自己的不好，死别或生离不久便可以补赎
我的错误。

莱　　不要走，温柔的海冷娜！听我解释。我的爱！我
的生命！我的灵魂！美丽的海冷娜！

海　　多好听的话！

黑　　亲爱的，不要那样嘲笑她。

第　　要是她的恳求不能使你不说那种话，我将强迫你
闭住你的嘴。

莱　　她也不能恳求我，你也不能强迫我；你的威胁正
和她的软弱的祈告同样没有力量。海伦，我爱
你！凭着我的生命起誓，我爱你！谁说我不爱你
的，我愿意用我的生命证明他说诳；为了你我是
乐意把生命捐弃的。

第　　我说我比他更要爱你得多。

莱　　要是你这样说，那么把剑拔出来证明一下吧。

第　　好，快些，来！

黑　　莱散特，这一切究竟是怎么一回事呢？

莱　　走开，你这黑奴[8]！

Oberon.   What thou seest, when thou dost wake,
Do it for thy true love take.

第　你可不能骗我而自己逃走；假意说着来，却在准备乘机溜去。你是个不中用的汉子，去吧！

莱　（向黑）放开手，你这猫！你这牛蒡子[⑨]！贱东西，放开手！否则我要像撵走一条蛇那样撵走你了。

黑　为什么你变得这样凶暴？究竟是什么缘故呢，爱人？

莱　你的爱人！走开，黑鞑子！走开！可厌的毒物，给我滚吧！

黑　你还是在开玩笑吗？

海　是的，你也是。

莱　第米屈律斯，我一定不失信于你。

第　你的话可有些不能算数，因为人家的柔情在牵系住你。我可信不过你的话。

莱　什么！难道要我伤害她，打她，杀死她吗？虽然我厌恨她，我还不至于这样残忍。

黑　啊！还有什么事情比之你厌恨我更残忍呢？厌恨我！为什么呢？天哪！究竟是怎么一回事呢，我的好人？难道我不是黑美霞了吗？难道你不是莱散特了吗？我现在生得仍旧跟以前一个样子。就在这一夜里你还会爱过我；但就在这一夜里你离开了我。那么你真的——唉，天哪！——存心着离开我吗？

莱　　一点不错，而且再不要看见你的脸了；因此你可以断了念头不必疑心，我的话是千真万确的：我厌恨你，我爱海冷娜，一点不是开玩笑。

黑　　天啊！你这骗子！你这花中的蛀虫！你这爱情的贼！哼！你乘着黑夜悄悄地把我的爱人的心偷了去吗？

海　　真好！难道你一点女人家的羞耻都没有，一点不晓得难为情了吗？哼！你一定要引得我破口说出难听的话来吗？哼！哼！你这装腔作势的人！你这给人家愚弄的小玩偶！

黑　　小玩偶！噢，原来如此。现在我才明白了她把她的身材跟我比较；她自夸她生得长，用她那身材，那高高的身材，赢得了他的心。因为我生得矮小，所以他便把你看得高不可及了吗？我是怎样一个矮法？你这涂朱抹粉的花棒儿！请你说，我是怎样矮法？矮虽矮，我的指爪还挖得着你的眼珠哩！

海　先生们，虽然你们都在嘲弄我，但我求你们别让她伤害我。我从来不曾使过性子；我也完全不懂得怎样跟人家闹架儿；我是一个胆小怕事的女子。不要让她打我，也许你们以为她比我生得矮些，我可以打得过她。

黑　生得矮些！听，又来了！

海　好黑美霞，不要对我这样凶！我一直是爱你的，黑美霞，有什么事总跟你商量，从来不曾对你作过欺心的事；除了这次，为了对于第米屈律斯的爱情的缘故，我把你私奔到这座林中的事告诉了他。他追踪着你；为了爱，我又追踪着他；但他一直是斥骂着我，威吓着我说要打我，踢我，甚至于要杀死我。现在你让我悄悄地去了吧；我愿带着我的愚蠢回到雅典去，不再跟着你们了。让我去；你瞧我是多么傻多么痴心！

黑　好，你去就去吧，谁在拦住你？

海　一颗发疑的心，但我把它丢弃在这里了。

黑　　噢，给了莱散特了是不是？

海　　不，是第米屈律斯。

莱　　不要怕，她不会伤害你的，海冷娜。

第　　当然不会的，先生；即使你帮着她也不要紧。

海　　啊，她一发起怒来，真是又凶又狠。在学校里她
　　　就是出名的雌老虎；长得很小的时候，便已是那
　　　么凶了。

黑　　又是"很小！"老是矮啊小啊的说个不住！为什
　　　么你让她这样讥笑我呢？让我跟她拼命去。

莱　　滚开，你这矮子！你这发育不全的三寸丁！你这
　　　念佛珠！你这小青豆！

第　　她用不着你的帮忙，因此不必那样乱献殷勤。让
　　　她去；不许你嘴里再提到海冷娜，要是你再略为
　　　向她献媚一下，就请你当心着吧！

莱　　现在她已经不再拉住我了；你要是有胆子，跟我
　　　来吧，我们倒要试试看究竟海冷娜该是属于谁的。

第　　跟你来！嘿，我要和你并着肩走呢。

　　　　　　　　　　　　　　　　　　（莱，第二人下）

黑　　你，小姐，这一切的纷扰都是因为你的缘故，

嗳，别逃啊！

海　　我怕你，我不敢跟脾气这么大的你在一起。打起架来，你的手比我快得多；但我的腿比你长些，逃起来你追不上我。

（下）

黑　　我简直莫名其妙，不知道要说些什么话好。

（下）

奥　　这是你的大意所致；倘不是因为你弄错了，定是你故意在捣蛋。

迫　　相信我，仙王，是我弄错了。你不是对我说只要认清楚那人穿着雅典的衣裳？照这样说起来我完全不曾错，因为我是把花汁滴在一个雅典人的眼上。事情会弄到这样我是满快活的，因为他们的吵闹看着怪有趣味。

奥　　你瞧这两个恋人找地方打架去了，因此，罗宾，快去把夜天遮暗了；你就去用像冥河的水一样黑的浓雾盖住了星空，再引这两个声势汹汹的仇人迷失了路，不要让他们碰在一起。有时你学着莱散特的声音痛骂第米屈律斯，有时学着第米屈律

Hermia. *(Awaking.)* Help me, Lysander, help me!

斯的样子斥责莱散特；用这种法子把他们两两分
开，直到他们奔波得精疲力竭，死一样的睡眠拖
着铅样沉重的腿和蝙蝠的翼膀爬上了他们的额
上；然后你把这草挤出汁来涂在莱散特的眼睛上，
它能够解去一切的错误，使他的眼睛恢复从前的
眼光。等他们醒来之后，这一切的戏谑就会像是
一场梦景或是空虚的幻象；这一班恋人们便将回
到雅典去，一同走着无穷的人生的路程直到死去。
在我差遣你去作这件事的时候，我要去访问我的
王后，向她讨那个印度孩子；然后我要解除她眼
中所见的怪物的幻觉，一切事情都将和平解决。

迫　　这事我们必须赶早办好，主公，
　　　因为黑夜已经驾起他的飞龙；
　　　晨星，黎明的先驱，已照亮苍穹；
　　　一个个鬼魂四散地奔返殡宫；
　　　还有那横死的幽灵抱恨长终，
　　　道旁水底有他们的白骨成丛，
　　　为怕白昼揭破了丑恶的形容，
　　　早已向重泉归寝相伴着蛆虫；

他们永远照不到日光的融融，

只每夜在暗野里凭吊着凄风。

奥　　但你我可完全不能比并他们；

晨光中我惯和猎人一起游巡，

如同林居人一样踏访着丛林；

即使东方开启了火红的天门，

大海上照耀万道灿烂的光针，

青碧的巨浸化成了一片黄金。

但我们应该早早办好这事情，

最好别把它迁延着直到天明。

（下）

迫　　奔到这边来，奔过那边去；

我要领他们，奔来又奔去。

林间和市上，无人不怕我；

我要领他们，走尽林中路。

这儿来了一个。

【莱散特重上。

莱　　你在那里，骄傲的第米屈律斯？说出来！

迫　在这儿，恶徒！把你的剑拔出来准备着吧。你在那里？

莱　我立刻就过来。

迫　那么跟我来吧，到平坦一点的地方。

（莱随声音下）

【第米屈律斯重上。

第　莱散特，你再开口啊！你逃走了，你这懦夫！你逃走了吗？说话呀！躲在那一堆树丛里吗？你躲在那里呀？

迫　你这懦夫！你在向星子们夸口，向树林子挑战，但是却不敢过来吗？来，卑怯汉！来，你这小孩子！我要好好抽你一顿。谁要跟你比剑才真倒霉！

第　呀，你在那边吗？

迫　跟我的声音来吧；这儿不是适宜我们战斗的地方。

（同下）

【莱散特重上。

莱　他走在我的前头，老是挑激着我上前；一等我走

Puck.

到他叫喊着的地方，他又早已不在。这个坏蛋比我脚步快得多，我越是追得快，他可逃走得更快，使我在黑暗崎岖的路上绊跌了一跤。让我在这儿休息一下吧。（躺下）来吧，你仁心的白昼！只要你一露出你的一线灰白的微光，我就可以看见第米屈律斯而洗雪这次仇恨了。

（睡去）

【迫克及第米屈律斯重上。

迫　呵！呵！呵！懦夫！你为什么不来？

第　要是你有胆量的话，等着我吧；我全然明白你跑在我前面，从这儿窜到那儿，不敢站住，也不敢当着我的面。你现在在什么地方？

迫　过来，我在这儿。

第　哼，你在摆布我。要是天亮了我看见你的脸孔，你好好地留点儿神；现在，去你的吧！疲乏逼着我倒下在这寒冷的地上，等候着白天的降临。

（躺下睡去）

【海冷娜重上。

海　　疲乏的夜啊！冗长的夜啊！减少一些你的时辰
　　　　吧！从东方出来的安慰，快照耀起来啊！好让
　　　　我借着晨光回到雅典去，离开这一群人，他们
　　　　大家都讨厌可怜的我。慈悲的睡眠，有时你闭
　　　　上了悲伤的眼睛，求你暂时让我忘却了自己的
　　　　存在吧！

（躺下睡去）

迫　　两男加两女，四个无错误；
　　　　三人已在此，一人在何处？
　　　　哈哈她来了，满脸愁云罩：
　　　　爱神真不好，惯惹人烦恼！

【黑美霞重上。

黑　　从来不曾这样疲乏过，从来不曾这样伤心过！我
　　　　的身上沾满了露水，我的衣裳被荆棘所抓破；我
　　　　跑也跑不动，爬也爬不动了；我的两条腿再也不
　　　　能从着我的心愿。让我在这儿休息一下以待天明。

要是他们真要格斗的话，愿天保佑莱散特啊！

（躺下睡去）

迫　　梦将残，睡方酣，
　　　神仙药，祛幻觉，
　　　百般迷梦全消却。

（挤草汁于莱散特眼上）

　　　醒眼见，旧人脸，
　　　乐满心，情不禁，
　　　从此欢爱复深深。
　　　一句俗语说得好，
　　　各人各有各的宝：
　　　　哥儿爱姊儿，
　　　　两两无参差；
　　　　失马复得马，
　　　　一场大笑话！

（下）

ACT IV ✳ ✳ ✳ ✳

第四幕

ACT IV.

第一场　林中；莱散特，第米屈律斯，
海冷娜，黑美霞酣睡未醒

【蒂妲妮霞及波顿上，众仙随侍；奥白朗潜随其后。

蒂　来，坐下在这花床上。我要爱抚你的可爱的脸
　　颊；我要把麝香玫瑰插在你柔软光滑的头颅上；
　　我要吻你的美丽的大耳朵，我的温柔的宝贝！

波　豆花呢？

豆　有。

波　替咱把头搔搔，豆花儿。蛛网先生在那儿？

蛛　有。

波　蛛网先生，好先生，把您的刀拿好，替咱把那蓟
　　草叶尖上的红屁股的野蜂儿杀了；然后，好先
　　生，替咱把蜜囊儿拿来。干那事的时候可别太性
　　急，先生；而且，好先生，当心别把蜜囊儿给弄

破了；要是您在蜜囊里头淹死了，那咱可不很乐意，先生。芥子先生在那儿？

芥　有。

波　把您的小手儿给我，芥子先生。请您不用多礼了吧，好先生。

芥　你有什么吩咐？

波　没有什么，好先生，只是帮蛛网君替咱搔搔痒。咱一定得理发去，先生，因为咱觉得脸上毛得很。咱是一头感觉非常灵敏的驴子，要是一根毛把咱触痒了，咱就非得搔一下子不可。

蒂　你要不要听一些音乐，我的好人？

波　咱很懂得一点儿音乐。咱们来一下子莲花落吧。

蒂　好人，你要吃些甚么呢？

波　真的，来一堆刍秣吧；您要是有好的干麦秆，也可以给咱大嚼一顿。咱想咱怪想吃那么一捆干草；好干草，美味的干草，什么也比不上它。

蒂　我有一个善于冒险的小神仙，可以给你到松鼠的仓里取下些新鲜的榛栗来。

波　咱宁可吃一把两把干豌豆。但是谢谢您。吩咐您

Bottom.   Are we all met?

那些人们别惊动咱吧，咱想要睡他妈的一个觉。

蒂　睡吧，我要把你抱在我的臂中。神仙们，往各处散开去吧。（众仙下）菟丝也正是这样温柔地缠附着芬芳的金银花；女萝也正是这样缱绻着榆树的臂枝。啊，我是多么爱你！我是多么热恋着你！

（同睡去）

【迫克上。

奥　（上前）欢迎，好罗宾！你见不见这种可爱的情景？我对于她的痴恋开始有点不忍了。刚才我在树林后面遇见她正在为这个可憎的蠢货找寻爱情的礼物，我就谴责她，因为那时她把芬芳的鲜花制成花环环绕着他那毛茸茸的额角；原来在嫩蕊上晶莹饱满，如同东方的明珠一样的露水，如今却含在那一朵朵美艳的小花的眼中，像是盈盈欲泣的眼泪，痛心着它们所受的耻辱。我把她尽情嘲骂一番之后，她低声下气地请求我息怒，于是我便乘机向她索讨那个换儿；她立刻把他给了我，差她的仙侍把他送到了我的寝宫里。现在我已经到手了这个孩子，我将解去她眼中这种可憎的迷惑。好迫克，你去把这雅典村夫头上的变形的头盖揭下，好让他和大家一同醒来的时候，可以回到雅典去，把这晚间一切发生的事，只当作了一场梦魇。但是先让我给仙后解去了魔法吧。

（以草触她的眼睛）

　　回复你原来的本性，

　　解去你眼前的幻景；

　　这一朵女贞花采自月姊园庭，

　　它会使爱情的小卉失去功能，

喂，我的蒂妲妮霞醒醒吧，我的好王后！

蒂　我的奥白朗！我看见了怎样的幻景！好像我爱上了一头驴子啦。

奥　那边就是你的爱人。

蒂　这一切事情怎么会发生的呢？啊，现在我看见他的样子是多么惹气！

奥　静一会儿。罗宾，把他的头壳揭下了。蒂妲妮霞，叫他们奏起音乐来吧，让这五个人睡得全然失去了知觉。

蒂　　来，奏起催眠的乐声柔婉！（音乐）

迫　　等你一醒来的时候，蠢汉，

　　　用你自己的傻眼睛瞧看。

奥　　奏下去，音乐！来，我的王后，让我们携手同
　　　行，让我们的舞蹈震动这些人睡着的地面。现在
　　　我们已经言归于好，明天夜半将要一同到提修斯
　　　公爵的府中跳着庄严的欢舞，祝福他家繁荣昌
　　　盛。这两对忠心的恋人也将在那里和提修斯同时
　　　举行婚礼，大家心中充满了喜乐。

迫　　仙王，仙王，留心听，

　　　我听见云雀歌吟。

奥　　王后，让我们静静

　　　追随着夜的踪影；

　　　我们环绕着地球，

　　　快过明月的光流。

蒂　　夫君，请你在一路

　　　告诉我一切缘故，

　　　这些人来自何方，

　　　当我熟睡的时光。

Puck.   Through brake, through briar.

（同下。幕内号角声）

【提修斯，喜坡丽妲，伊及斯，及侍从等上。

提　　你们中间谁去把猎奴唤来。我们已把五月节的仪
　　　式遵行，现在还不过是清晨，我的爱人应当听一
　　　听猎犬的音乐。把它们放在四面的山谷里；快去
　　　把猎奴唤来。美丽的王后，让我们到山顶上去，
　　　领略着猎犬们的吠叫和山谷中的回声应和在一起
　　　的妙乐吧。

喜　　我曾经同赫邱里斯和凯特麦斯一起在克利脱林中
　　　行猎①，他们用斯巴达的猎犬追赶着巨熊，那种
　　　雄壮的吠声我真是第一次听到；除了丛林之外，
　　　天空和群山，以及一切附近的区域，似乎混成了
　　　一片交互的呐喊。我从来不曾听见过那样谐美的
　　　喧声，那样悦耳的雷鸣。

提　　我的猎犬也是斯巴达种，一样的颊肉下垂，一样
　　　的黄沙的毛色；它们的头上垂着两片挥拂晨露的
　　　耳朵；它们的膝骨是弯曲的，并且像西萨利②种的
　　　公牛一样喉头长着垂肉。它们在追逐时不很迅速，

Oberon.   I with the morning's love have oft made sport.

但它们的吠声彼此高下相应，就像钟声那样合调。无论在克利脱、斯巴达，或是西萨利都不曾有过这么一队吠得更好听的猎犬；你听见了之后便可以自己判断。但是且慢！这些都是什么仙女？

伊　殿下，这儿躺着的是我的女儿；这是莱散特；这是第米屈律斯；这是海冷娜，奈达老人的女儿。我不知道他们怎么都在这儿。

提　他们一定早起守五月节，因为闻知了我们的意旨，所以赶到这儿来参加我们的典礼。但是，伊及斯，今天不是黑美霞应该决定她的选择的日子了吗？

伊　是的，殿下。

提　去，叫猎奴们吹起号角来惊醒他们。（幕内号角及呐喊声；莱、第、黑、海四人惊醒跳起）早安，朋友们！情人节早已过去了，你们这一辈林鸟到现在才配起对来吗③？

莱　请殿下恕罪！

　　　　　　　　　　　　　　　　（偕余人并跪下）

提　请你们站起来吧。我知道你们两人是对头冤家，怎么会变得这样和气，大家睡在一块儿，没有一点猜嫉了呢？

莱 殿下，我现在还是糊里糊涂，不知道应当怎样回答您的问话；但是我敢发誓说我真的不知道怎么会在这儿；但是我想，——我要说老实话，我现在记起了，一点不错，我是和黑美霞一同到这儿来的；我们想要逃出雅典，避过了雅典法律的峻严，我们便可以——

伊 够了，够了，殿下；话已经说得够了。我要求依法，依法惩办他。他们打算，他们打算逃走，第米屈律斯，用那种手段欺弄我们，使你的妻子落了空，使我给你的允许也落了落了空。

第 殿下，海伦告诉了我他们的出奔，告诉了我他们到这儿林中来的目的；我在盛怒之下追踪他们，同时海伦因为痴心的缘故也追踪着我。但是，殿下，我不知道什么一种力量，——但一定是有一种力量，——使我对于黑美霞的爱情会像霜雪一样涣解，现在想起来就像一段童年时所爱好的一件玩物的记忆一样；我一切的忠信，一切的心思，一切乐意的眼光，都是属于海冷娜一个人了。我在没有认识黑美霞之前，殿下，就已经和她订过盟约；但正如一个人在生病的时候一样，我厌弃着这一道珍馐，等到健康恢复就会回复了正常的胃口。现在我希求着她，珍爱她，思慕着她，将要永远忠心于她。

提　俊美的恋人们，我们相遇得很巧；等会儿我们便可以再听你们把这段话讲下去。伊及斯，你的意志只好屈服一下了；这两对少年不久便将跟我们一起在庙堂中缔结永久的鸳盟。现在清晨快将过去，我们本来准备的行猎只好中止。跟我们一起到雅典去吧；三三成对地，我们将要大张盛宴。来，喜坡丽妲。

（提、喜、伊、及侍从下）

第　这些事情似乎微细而无从捉摸，好像化为云雾的远山一样。

黑　我觉得好像这些事情我都用昏花的眼睛看着，一切都化作了层叠的两重似的。

海　我也是这样想。我得到了第米屈律斯，像是得到

Demetrius.   Thou runaway, thou coward, art thou fled?

了一颗宝石，好像是我自己的，又好像不是我自己的。

第　你们真能断定我们现在是醒着吗？我觉得我们还是在睡着做梦。你们是不是以为公爵在这儿，叫我们跟他走吗？

黑　是的，我的父亲也在。

海　还有喜坡丽妲。

莱　他确曾叫我们跟他到庙里去。

第　那么我们真已经醒了。让我们跟着他走；一路上讲着我们的梦。

（同下）

波　（醒）轮到咱的尾白的时候，请你们叫咱一声，咱就会答应；咱下面的一句是"最美丽的匹拉麦斯。"喂！喂！彼得衮斯！弗鲁脱，修风箱的！斯诺脱，补锅子的！司他巫林！他妈的！悄悄地溜走了，把咱撇下在这儿一个人睡觉吗？咱做了一个奇怪得了不得的梦。没有人说得出那是怎样的一个梦；要是谁想把这个梦解释一下，那他一定是一头驴子。咱好像是——没有人说得出那

Helena.   O weary night, O long and tedious night.

是什么东西；咱好像是——，咱好像有——，但要是谁敢说出来咱好像有什么东西，那他一定是一个蠢材。咱那个梦啊，人们的眼睛从来没有听到过，人们的耳朵从来没有看见过，人们的手也尝不出来是什么味道，人们的舌头也想不出来是什么道理，人们的心也说不出来究竟那是怎样的一个梦。咱要叫彼得衮斯给咱写一首歌儿咏一下这个梦，题目就叫做《波顿的梦》，咱要在演完戏之后当着公爵大人的面前唱这个歌，——或者还是等咱死了之后再唱吧。

（下）

第二场　雅典；袞斯的家中

【袞斯，弗鲁脱，斯诺脱，司他巫林上。

袞　你们差人到波顿家里去过了吗？他还没有回家吗？

司　一点消息都没有。他准是给妖精拐了去了。

弗　要是他不回来，那么咱们的戏就要搁起来啦；它不能再演下去，是不是？

袞　那当然演不下去啰；整个雅典城里除了他之外就没有第二个人可以演匹拉麦斯。

弗　谁也演不了；他在雅典手艺人中间简直是最聪明的一个。

袞　对，而且也是顶好的人；他有一副好喉咙，吊起膀子来真是顶括括的。

弗　你说错了，你应当说"吊嗓子"。吊膀子，天老爷！那是一作难为情的事。

【史纳格上。

史　列位，公爵大人刚从庙里出来，还有两三位贵人
　　和小姐们也在同时结了婚。要是咱们的玩意儿能
　　够干下去，咱们一定大家都有好处。

弗　哎呀，可爱的波顿好家伙！他从此就不能再拿到
　　六便士一天的恩俸了。他准可以拿到六便士一天
　　的。咱可以赌咒公爵大人见了他扮演匹拉麦斯，
　　一定会赏给他六便士一天。他应该可以拿到六
　　便士一天的；扮演了匹拉麦斯，应该拿六便士一
　　天，少一个子儿都不行。

【波顿上。

波　孩儿们在什么地方？心肝们在什么地方？

袞　波顿！哎呀，顶好顶好的日子！顶吉利顶吉利的
　　时辰！

波　列位，咱要讲古怪事儿给你们听，可不许问咱什
　　么事；要是咱对你们说了，咱不算是真的雅典人。

TITANIA

咱要把一切全都告诉你们，一个字也不漏掉。

衮　讲给咱们听吧，好波顿。

波　关于咱自己的事可一个字也不能告诉你们。咱要报告给你们知道的是，公爵大人已经用过正餐了。把你们的行头收拾起来，胡须上要用坚牢的穿绳，乌靴上要结簇新的缎带；立刻在宫门前集合；各人温熟了自己的台词；总而言之一句话，咱们的戏已经送上去了。无论如何，可得叫雪丝佩穿一件干净一点的衬衫；还有扮演狮子的那位别把指甲修去，因为那是要露出在外面当作狮子的脚爪的。顶要紧的，列位老板们，别吃洋葱和大蒜，因为咱们可不能把人家熏倒了胃口；咱一定会听见他们说，"这是一出风雅的喜剧。"完了，去吧！去吧！

（同下）

ACT V.

第五幕

ACT V.

第一场　雅典；提修斯宫廷

【提修斯，喜坡丽妲，菲劳士屈雷脱，及大臣侍从等上。

喜　　提修斯，这些恋人们所说的话真是奇怪的很。

提　　奇怪得不像会是真实。我永不相信这种古怪的
　　　传说和神仙的游戏。情人们和疯子们都富于纷
　　　乱的思想和成形的幻觉，他们所理会到的永远
　　　不是冷静的理智所能充分了解。疯子，情人，和
　　　诗人，都是空想的产儿；疯子眼中所见的鬼多过
　　　于广大的地狱所能容纳；情人，同样是那么狂妄
　　　地，能从埃及的黑脸上看见海伦的美貌；诗人的
　　　眼睛在神奇的狂放的一转中，便能从天上看到
　　　地下，从地下看到天上。想像会把不知名的事物
　　　用一种方式呈现出来，诗人的笔再使它们具有

如实的形像，空虚的无物也会有了居处和名字。强烈的想像往往具有这种本领，只要一领略到一些快乐就会相信那种快乐的背后有一个赐与的人；夜间一转到恐惧的念头，一株灌木一下子便会变成一头熊。

喜　　但他们所说的一夜间全部的经历，以及他们大家心理上都受到同样影响的一件事实，可以证明那不会是幻想。虽然那故事是怪异而惊人，却并不令人不能置信。

提　　这一班恋人们高高兴兴地来了。

【莱散特，第米屈律斯，黑美霞，海冷娜上。

提　　恭喜，好朋友们！恭喜！愿你们心灵里永远享受着没有阴翳的爱情日子！

莱　　愿更大的幸福永远追随着殿下的起居！

提　　来，我们应当用什么假面具或是舞蹈来消磨在尾餐和就寝之间的三点钟悠长的岁月呢？我们一向掌管戏乐的人在那里？有那几种余兴准备着？有没有一出戏剧可以祛除难挨的时辰里按捺不住的焦灼呢？叫菲劳士屈雷脱过来。

菲　有，伟大的提修斯。

提　说，你有些什么可以缩短这黄昏的节目？有些什
么假面具？有些什么音乐？要是一点娱乐都没
有，我们怎么把这迟迟的时间消度过去呢？

菲　这儿是一张预备好的各种戏目的单子，请殿下自
己拣选那一项先来。(呈上单子)

提　"身毒之战①，由一个雅典太监和竖琴而唱。"那
个我们不要听；我已经告诉过我的爱人这一段表
彰我的姻兄赫邱里斯②武功的故事了。"醉酒者
之狂暴，色累斯歌人惨遭支裂的始末③。"那是老
调，当我上次征服底比斯凯旋回来的时候就已经
表演过了。"九缪斯神痛悼学术的沦亡④。"那是
一段犀利尖刻的讽刺，不适合于婚礼时的表演。
"关于年青的匹拉麦斯及其爱人雪丝佩的冗长的
短戏，非常悲哀的趣剧。"悲哀的趣剧！冗长的
短戏！那简直是说灼热的冰，发烧的雪。这种矛
盾怎么能调和起来呢？

菲　殿下，一出一共只有十来个字那盛长的戏，当然

是再短没有了；然而即使只有十个字，也会嫌太长，叫人看了厌倦；因为在全剧之中，没有一个字是用得恰当的，没有一个演员是支配得适如其份的。那本戏的确很悲哀，殿下，因为匹拉麦斯在戏里要把自己杀死。那一场我看他们预演的时候，我得承认确曾使我的眼中充满了眼泪；但那些泪那是在纵声大笑的时候忍俊不住而流的，再没有人流过比那更开心的泪了。

提　扮演这戏的是些什么人呢？

菲　都是在这儿雅典城里作工过活的胼手胝足的汉子。他们从来不曾用过头脑，今番为了准备参加殿下的婚礼，才辛辛苦苦地把这本戏记诵起来。

提　好，就让我们听一下吧。

菲　不，殿下，那是不配烦渎您的耳朵的。我已经听完过他们一次，简直一无足取；除非你嘉纳他们的一片诚心和苦苦背诵的辛勤。

提　我要把那本戏听一次，因为纯朴和忠诚所呈献的礼物，总是可取的。去把他们带来。各伙夫人女士们，大家请坐下。　　　　　　　　　（菲下）

Oberon.　　Trip we after the night's shade.

喜　　我不欢喜看见微贱的人作他们力量所不及的事，忠诚因为努力的狂妄而变成毫无价值。

提　　啊，亲爱的，你不会看见他们糟到那地步。

喜　　他说他们根本不会演戏。

提　　那更显得我们的宽宏大度，虽然他们的劳力毫无价值，他们仍能得到我们的嘉纳。我们可以把他们的错误作为取笑的资料。我们不必较量他们那可怜的忠诚所不能达到的成就，而该重视他们的辛勤。凡是我所到的地方，那些有学问的人都预先准备好欢迎辞迎接我；但是一看见了我，便发抖脸色变白，句子没有说完便中途顿住，话儿梗在喉中，吓得说不出来，结果是一句欢迎我的话都没有说。相信我，亲爱的，从这种无言中我却领受了他们一片欢迎的诚意；在诚惶诚恐的忠诚的畏怯上表示出来的意味，并不少于一条娓娓动听的辩舌。因此，爱人，照我所能观察到的无言的纯朴所表示的情感，才是最丰富的。

【菲劳士屈雷脱重上。

菲　　请殿下示，念开场诗的预备登场了。

提　　让他上来吧。(喇叭奏花腔)

【莪斯上，念开场诗。

莪　　要是咱们，得罪了请原谅。

　　　　咱们本来是，一片的好意，

　　　想要显一显。薄薄的技俩，

　　　　那才是咱们原来的本意。

　　　因此列位咱们到这儿来。

　　　　为的要让列位欢笑欢笑，

　　　否则就是不曾。到这儿来，

　　　　如果咱们。惹动列位气恼，

　　　一个个演员，都将，要登场，

　　　　你们可以仔细听个端详⑤。

提　　这家伙简直乱来。

莱　　他念他的开场诗就像骑一头顽劣的小马一样，乱
　　　冲乱撞，该停的地方不停，不该停的地方偏偏停
　　　下。殿下，这是一个好教训：单是会讲话不能算
　　　数，要讲话总该讲得像个路数。

喜　　真的他就像一个小孩子学吹笛，呜哩呜哩了一下，可是全不入调。

提　　他的话像是一段纠缠在一起的链索，并没有毛病，可是全弄乱了。跟着是谁登场呢？

【匹拉麦斯及雪丝佩，墙，月光，狮子上。

衮　　列位大人，也许你们会奇怪这一班人跑出来干么。不必寻根究底，自然而然地你们总会明白过来。这个人是匹拉麦斯，要是你们想要知道的话；这位美丽的姑娘不用说便是雪丝佩啦。这个人手里拿着石灰和黏土，是代表着墙头，那堵隔开这两个情人的坏墙头；他们这两个可怜的人只好在墙缝里低声谈话，这是要请大家明白的。这个人提着灯笼，牵着犬，拿着柴枝，是代表月亮；因为你们要知道，这两个情人只在月光底下才肯在奈纳斯的坟头聚首谈情。这一头可怕的畜生名叫狮子，那晚上忠实的雪丝佩先到约会的地方，给它吓跑了，或者不如说是被它惊走了；她在逃走的时候脱落了她的外套，那件外

Snug.   Masters, the Duke is coming from the temple.

Exeunt BOTTOM, FLUTE, SNUG, STARVELING, AND SNOUT.

套因为给那恶狮子咬住在它那张血嘴里，所以沾满了血斑。隔了不久，匹拉麦斯那个高个儿的美少年，也来了，一见他那忠实的雪丝佩的外套死在地上，便赤楞楞的一声拔出一把血淋淋的剑来，对准他那热辣辣的胸脯里豁拉拉地刺了进去。那时雪丝佩却躲在桑树的树荫里，等到她发现了这回事，便把他身上的剑拔出来，结果了她自己的性命。至于其余的一切可以让狮子，月光，墙头，和两个情人详详细细地告诉你们，当他们上场的时候。

（衮斯及匹拉麦斯，雪丝佩，狮子，月光同下）

提　我不知道狮子要不要说话。

第　殿下，这可不用怀疑，要是一班驴子都会讲人话，狮子当然也会说话啦。

墙　小子斯诺脱是也，在这本戏文里扮做墙头；须知此墙不是他墙，乃是一堵有裂缝的墙，在那条裂缝里匹拉麦斯和雪丝佩两个情人常常偷偷地低声谈话。这一把石灰，这一撮黏土，这一块砖头，表明咱是一堵真正的墙头，并非滑头冒牌之流。

这便是那个鬼缝儿，这两个胆小的情人在那儿谈着知心话儿的。

提　石灰和泥土筑成的东西，居然这样会说话，难得难得！

第　殿下，这是我所听到的中间最俏皮的一段。

提　匹拉麦斯走近墙边来了。静听！

【匹拉麦斯重上。

匹　板着脸孔的夜啊！漆黑的夜啊！

　　夜啊！白天一去你就来啦！

　　夜啊！夜啊！唉呀！唉呀！唉呀！

　　咱担心咱的雪丝佩要失约啦！

　　墙啊！亲爱的，可爱的墙啊！

　　你硬生生地隔分了咱们两人的家！

　　墙啊！亲爱的，可爱的墙啊！

　　露出你的裂缝，让咱向里头瞧瞧吧！（墙举手叠指作裂缝状）

　　谢谢你，殷勤的墙！上帝大大保佑你！

　　但是咱瞧见些什么呢？咱瞧不见伊。

刁恶的墙啊！不让咱瞧见可爱的伊；

愿你倒霉吧，因为你竟这样把咱欺！

提　　这墙并不是没有知觉的，我想他应当反骂一下。

匹　　没有的事，殿下，真的，他不能。"把咱欺"是该
　　　雪丝佩接下去的尾白；她现在就要上场啦，咱就
　　　要在墙缝里看她。你们瞧着吧，下面做下去正跟
　　　咱告诉你们的完全一样。那边她来啦。

【雪丝佩重上。

雪　　墙啊！你常常听得见咱的呻吟，

　　　　　怨你生生把咱共他两两分拆！

　　　咱的樱唇常跟你的砖石亲吻，

　　　　　你那用水泥胶得紧紧的砖石。

匹　　咱瞧见一个声音；让咱去望望，

　　　不知可能听见雪丝佩的脸庞。

　　　雪丝佩！

雪　　那是咱的好人儿，咱想。

匹　　尽你想吧，咱是你风流的情郎。

　　　好像李芒特，咱此心永无变更[6]。

雪	咱就像海伦，到死也决不变心。
匹	沙发勒斯对待普洛克勒斯不过如此⑦。
雪	你就是普洛克勒斯，咱就是沙发勒斯。
匹	啊，在这堵万恶的墙缝中请给咱一吻！
雪	咱吻着墙缝，可全然吻不到你的嘴唇。
匹	你肯不肯到尼内的坟头去跟咱相聚？
雪	活也好，死也好，咱一准立刻动身前去。

（二人下）

墙	现在咱已把墙头扮好，
	因此咱便要拔脚去了。

（下）

提	现在隔在这两份人家之间的墙头已经倒下。
第	殿下，墙头要是都像这样随随便便偷听人家的谈话起来，可真没法好想。
喜	我从来没有听到过比这再蠢的东西。
提	最好的戏剧也不过是人生的一个缩影；最坏的只要用想像补足一下，也就不会坏到甚么地方去。
喜	那该是你的想像，而不是他们的想像。
提	要是我们对于他们的想像并不比他们对于自己的

THE
PROLOGUE

W. HEATH ROBINSON

想像更坏，那么他们也可以算得顶好的人。两只好东西登场了，一只是人，一只是狮子。

【狮子及月光重上。

狮　　各位太太小姐们，你们那柔弱的心一见了地板上爬着的一头顶小的老鼠就会害怕，现在看见一头凶暴的狮子发狂地怒吼，多分要发起抖来的吧？但是请你们放心，咱实在是细木工匠史纳格，既不是凶猛的公狮，也不是一头母狮；要是咱真的是一头狮子而冲到这儿来，那咱才大倒其霉！

提　　一头非常善良的畜生，有一颗好良心。

第　　殿下，这是我所看见过的最好的畜生了。

莱　　这头狮子按勇气说只好算是一只狐狸。

提　　对了，而且按他那小心翼翼的样子说起来倒像是一头鹅，好，别管他吧，让我们听月亮说话。

月　　这盏灯笼代表着角儿弯弯的新月；——

第　　他应当把角装在头上⑧。

提　　他并不是新月，圆圆的那里有个角儿？

月　　这盏灯笼代表着角儿弯弯的新月；咱好像就是月

TRULY, THE MOON SHINES
WITH A GOOD GRACE

亮里的仙人。

提　　这这是最大的错误了。应该把这个人放进灯笼里去；否则他怎么会是月亮里的仙人呢？

第　　他因为怕蜡烛不敢进去。瞧他恼了。

喜　　这月亮真使我厌倦；他应该变化变化才好！

提　　照他那知觉欠缺的样子看起来，他大概是一个缺月；但是为着礼貌和一切的理由，我们得忍耐一下。

莱　　说下去，月亮。

月　　总而言之，咱要告诉你们的是，这灯笼便是月亮；咱便是月亮里的仙人；这柴枝是咱的柴枝；这狗是咱的狗。

第　　嗨，这些都应该放进灯笼里去才对，因为它们都是在月亮里的。但是静些，雪丝佩来了。

【雪丝佩重上。

雪　　这是尼内老人的坟。咱的好人儿呢？

狮　　（吼）呜……！

（雪丝佩奔下）

Oberon.   Meet me all by break of day.

第　　吼得好，狮子！

提　　奔得好，雪丝佩！

喜　　照得好，月亮！真的，月亮照得姿势很好。

（狮子撕破雪丝佩的外套后下）

提　　撕得好，狮子！

第　　于是匹拉麦斯来了。

莱　　于是狮子不见了。

【匹拉麦斯重上。

匹　　可爱的月亮，咱多谢你的阳光；

　　　　谢谢你，因为你照得这么皎洁！

　　靠着你那慈和的闪烁的金光，

　　　　咱将要饱餐着雪丝佩的秀色。

　　　　　但是且住，啊该死！

　　　　　瞧哪，可怜的武士，

　　　　这是一场什么惨景！

　　　　　眼睛，你看不看见？

　　　　　这种事怎会实现？

　　　　可爱的宝贝啊，亲亲！

你的好外套一件，

怎么全都是血点？

过来吧，狰狞的凶神！

快把生命的羁缠

从此后一刀割断；

今朝咱了结了残生！

提　这一种情感再加上一个好朋友的死，很可以使一
　　个人脸带愁容。

喜　该死！我倒真有点可怜这个人。

匹　苍天啊！你为什么要造下狮子，

让它在这里蹂躏了咱的爱人？

她在一切活着爱着的人中，是

一个最美最美最最美的美人。

淋漓地流吧，眼泪！

咱要把宝剑一挥，

当着咱的胸头划破：

一剑刺过了左胸，

叫心儿莫再跳动，

这样咱就死啰死啰！（以剑自刺）

现在咱已经身死，

现在咱已经去世，

咱灵魂儿升到天堂；

太阳，不要再照耀！

月亮，给咱拔脚跑！

咱已一命，一命丧亡。（死）

第 不是双亡，是单亡，因为他是孤零零地死去。

莱 他现在死去，不但成不了双，而且成不了单；他已经变成"没有"啦。

提 要是就去请外科医生来，也许还可以把他医活转来，叫他做一头驴子。

喜 雪丝佩还要回来看见她的爱人，月亮怎么这样性急便去了呢？

提 她可以在星光底下看见他的。现在她来了。她再痛哭流涕一下子，戏文也就完了。

【雪丝佩重上。

喜 我想对于这样一个宝货的匹拉麦斯，她可以不必浪费口舌；我希望她说得短一点儿。

Puck. So, good night unto you all.

第　　她跟匹拉麦斯较量起来真是半斤对八两。上帝保
　　　佑我们不要嫁到这种男人，也保佑我们不要娶着
　　　这种妻子！

莱　　她那秋波已经看见他了。

第　　于是悲声而言曰：——

雪　　　　睡着了吗，好人儿？

　　　　　啊！死了，咱的鸽子？

　　　　匹拉麦斯啊，快醒醒！

　　　　　说呀！说呀！哑了吗？

　　　　　唉，死了！一堆黄沙

　　　　将要盖住你的美睛。

　　　　　嘴唇像百合花开，

　　　　　鼻子像樱桃可爱，

　　　　黄花像是你的脸孔，

　　　　　一齐消失，消失了，

　　　　　有情人同声哀悼！

　　　　他眼睛绿得像青葱。

　　　　　舌头，不许再多言！

　　　　　凭着这一柄好剑，

赶快把咱胸膛刺穿。（以剑自刺）

再会，亲爱的友朋！

雪丝佩已经毕命；

再见吧，再见吧，再见！（死）

提　他们的葬事要让月亮和狮子来料理了吧？

第　是的，还有墙头。

波　（跳起）不，咱对你们说，那堵隔开他们两家的墙早已倒了。你们要不要瞧瞧收场诗，或者听一场咱们两个伙计的贝格摩舞^⑨？

提　请把收场诗免了吧，因为你们的戏剧无须再有什么解释；扮戏的人一个个死了，我们还能责怪谁不成？真的，要是写那本戏的人自己来扮匹垃麦斯，把他自己吊死在雪丝佩的袜带上，那倒真是一出绝妙的悲剧。实在你们这次演得很不错。现在把你们的收场诗搁在一旁，还是跳起你们的贝格摩舞来吧。（跳舞）

夜钟已经敲过了十二点；恋人们，睡觉去吧，现在已经差不多是神仙们游戏的时间了。我担心我们明天早晨会起不起身来，因为今天晚上睡得太迟。这出粗劣的戏剧却使我们不觉得时间的过去。好朋友们，去睡吧。我们要用半月功夫把这喜庆延续，夜夜有不同的寻欢作乐。

（众下）

第二场　同前景

【迫克上。

迫　　饿狮在高声咆哮；

　　　豺狼在向月长嗥；

　　　农夫们鼾息沉沉，

　　　完毕一天的辛勤。

　　　火把还留着残红，

　　　　鸱鸮叫得人胆战，

　　　传进愁人的耳中，

　　　　仿佛见殓衾飘飐。

　　　现在夜已经深深，

　　　　坟墓都裂开大口，

　　　吐出了百千幽灵，

荒野里四散奔走。

我们跟着海凯提⑩，

　　离开了阳光赫弈，

像一场梦景幽凄，

　　追随黑暗的踪迹。

且把这空屋打扫，

供大家一场欢闹；

驱走扰人的小鼠；

还得揩干净门户。

【奥白朗，蒂妲妮霞，及侍从等上。

奥　　屋中消沉的火星

　　　　微微地尚在闪耀；

　　跳跃着每个精灵

　　　　像花枝上的小鸟；

　　随我唱一支曲调，

　　　　一齐轻轻地舞蹈。

蒂　　先要把歌儿练熟，

　　　　每个字玉润珠圆；

然后齐声唱祝福，

　手携手缥缈回旋。（歌舞）

奥　趁东方没有发白，

　让我们满屋溜跶；

　先去看一看新床，

　祝福它吉利祯祥。

　这三对新婚伉俪，

　愿他们永无离贰；

　生下来小小儿郎，

　一个个相貌堂堂，

　不生黑痣不缺唇，

　更没有半点瘢痕。

　用这神圣的野露，

　你们去浇洒门户，

　祝福屋子的主人，

　永享着福禄康宁。

　快快去，莫犹豫；

　天明时我们重聚。

　　　　　　　　　　　　　（除迫克外皆下）

迫　（向观众）

要是我们这辈影子

有拂了诸位的尊意，

就请你们这样思量，

一切便可得到补偿；

这种种幻景的显现，

不过是梦中的妄念；

这一段无聊的情节，

真同诞梦一样无力。

先生们，请不要见笑！

倘蒙原宥，定当补报。

万一我们幸而免脱，

这一遭嘘嘘的指斥，

我们决不忘记大恩，

迫克生平不会骗人。

再会了！肯赏个脸子的话，

就请拍两下手，多谢多谢！

（下）

注释

第一幕

① 提修斯远征亚美仲（Amazon），克之，而娶其后喜坡丽妲。

② 黛安娜（Diana），月的女神；其实应当作亚蒂美丝（Artemis），因为黛安娜是罗马名字。

③ 旧俗于五月一日早起以露盥身，采花唱歌。

④ 邱必特（Cupid）的金镞箭主爱，铅镞箭主爱情的冷淡。

⑤ 古代迦泰基（Carthage）女王是黛陀（Dido），爱特洛埃（Troy）英雄伊尼阿斯（Eneas），失恋自焚而死。

⑥ 厄克里斯为赫邱里斯（Hercules）之讹，古希腊著名英雄。

第二幕

① 野地上有时发现环形的茂草，传谓仙人夜间在此跳舞所成。

② 皆提修斯情人，先后为其所弃。

167

③ 传说中仙人常于夜间将人家美丽小儿窃去，以愚蠢的妖童换置其处。

④ 此段及下一段中的寓意自来有各种猜测。据云美人鱼影射苏格兰女王玛丽；玛丽才美无双，为伊利沙伯女王所嫉杀，举世悼之。玛丽尝婚法国王太子，故云"骑在海豚的背上"，因法国王太子的称号 Dauphin 与海豚 dophin 发音相似。"星星跳出轨道"云者，指英廷党玛丽的大臣。莎翁因恐犯忌讳，故特以隐语出之。

⑤ 当指伊利沙伯女王。女王终身不嫁，故云。

⑥ 亚坡罗是太阳神，爱仙女但芙妮（Daphne），但芙妮避之而化为月桂树。

第三幕

① 八音节六音节相间的诗体。

② 尼内（Ninny）是奈纳斯（Ninus）之讹，尼尼微（Nineveh）城的建立者。Ninny 照字面讲有"傻子"之意。

③ 杜鹃下卵于他鸟的巢中，故用以喻奸夫，但其后 cuckold（自 cuckoo 化出）一字却用作奸妇本夫的代名词。杜鹃的

鸣声即为 cuckoo，不啻骂人为"乌龟"；但因闻者不能必其
妻子的是否贞洁，故虽恼而不敢作声。

④ 俗云蛛丝能止血。

⑤ 月神 Phoebe 是太阳神 Phoebus 的妹妹。

⑥ 此句意义很曲折，大意谓沉忧惟睡眠可以补偿；但因沉忧
过多，而睡眠不足，故睡眠负沉忧之债。

⑦ 滔勒斯（Taurus）小亚细亚山脉名。

⑧ 原文 You Ethiop！因黑美霞肤色微黑，故去。第二幕中有
"把乌鸦换白鸽"之语，亦此意；海冷娜肤色白皙，故云白
鸽也。

⑨ 牛蒡（burdock）所结的子，上有针刺，易攀附人衣。

第四幕

① 凯特麦斯（Qadmus）是底比斯（Thebes）的第一个国王。克
利脱（Crete）为地中海岛名。

② 西萨利（Thessaly）希腊地名。

③ 情人节（St.Valentine's Day）在二月十四日，众鸟于是日
择偶。

第五幕

① 身毒（Centaurs）一名乃借译，是神话中一种半人半马的怪物，赫邱里斯曾战而胜之。

② 普卢塔克（Plutarch）以提修斯及赫邱里斯为母系亲属。

③ 色累斯（Thrace）歌人指奥菲厄斯（Orpheus），遭酗酒妇人所肢裂而死。

④ 九缪斯神（Nine Muses）即司文艺学术的九女神。

⑤ 此段句读完全错误。

⑥ 李芒特（Limander）是李昂特（Leander）之讹，传说中的情人，爱其恋女希罗（Hero），泳过赫勒思滂河（Hellespont）以赴约，卒遭灭顶，有中国尾生高之风。下行弗鲁脱该以希罗为海伦（Helen），后者为荷马史诗以利亚特中之美人。

⑦ 沙发勒斯（Snafalus）为色发勒斯（Cephalus）之讹，为黎明女神奥洛拉（Aurora）所恋，但彼卒忠于其妻普洛克里斯（Procris, 此误为 Procrus）。

⑧ 头上出角是西方讥人作"乌龟"的俗语。

⑨ 贝格摩（Bergamo）为密兰（Milan）东北地名，以产小丑著名。

⑩ 海凯提（Hecate）为下界的女神。原文作 triple Hecate 盖

170

三位一体之神，在地上为黛安娜（Diana），在天上为琉娜
（Luna）。

THE END

图书在版编目（CIP）数据

牡丹亭 / 汤显祖著.仲夏夜之梦 /（英）莎士比亚著；朱生豪译.—重庆：
重庆大学出版社，2016.8
ISBN 978-7-5689-0016-4

Ⅰ.①牡…②仲… Ⅱ.①汤…②莎…③朱… Ⅲ.①传奇剧(戏曲)-剧本-
中国-明代 ②喜剧-剧本-英国-中世纪 Ⅳ.① I237.2 ② I561.33

中国版本图书馆 CIP 数据核字（2016）第 168718 号

仲夏夜之梦
zhongxiaye zhi meng
[英] 莎士比亚 著
朱生豪 译

®　"企鹅"及相关标识是企鹅图书有限公司已经注册或尚未
注册的商标。未经允许，不得擅用。
封底凡无企鹅防伪标识者均属未经授权之非法版本。

特约编辑：赵 轩　**产品策划：**王建琪
责任编辑：王思楠　**营销编辑：**刘芸倩
装帧设计：索 迪　**责任校对：**邬小梅

重庆大学出版社出版发行
出版人：易树平
社　址：重庆市沙坪坝区大学城西路 21 号　邮编：401331
网　址：www.cqup.com.cn
印　刷：北京雅昌艺术印刷有限公司
开　本：787mm×1092mm　1/32　**印　张：**6.25
字　数：160 千　**图　片：**64 幅
版　次：2016 年 8 月第 1 版
印　次：2016 年 8 月第 1 次印刷
书　号：978-7-5689-0016-4
定　价：598.00 元（全两册）